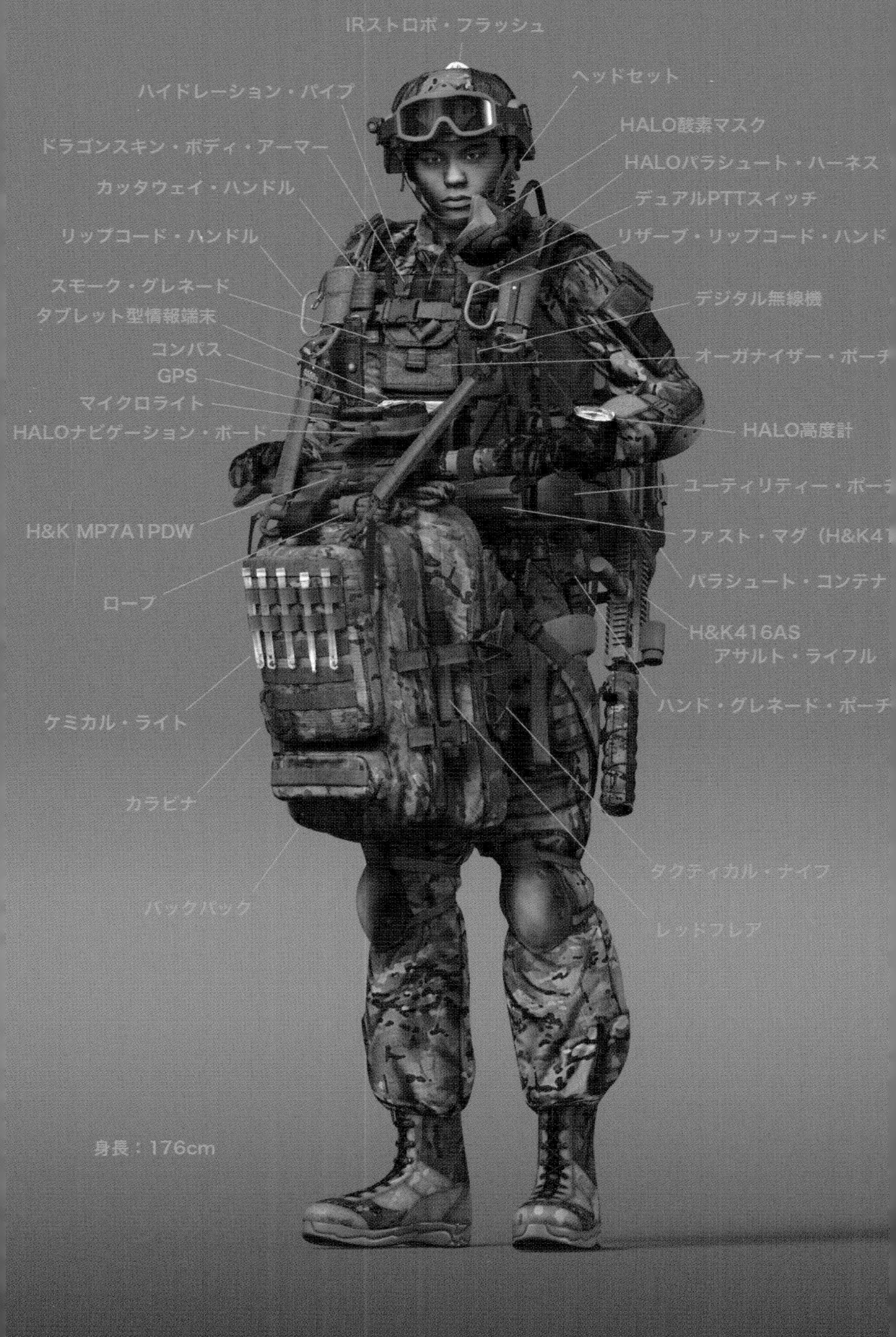
IRストロボ・フラッシュ
ヘッドセット
ハイドレーション・パイプ
HALO酸素マスク
ドラゴンスキン・ボディ・アーマー
HALOパラシュート・ハーネス
カッタウェイ・ハンドル
デュアルPTTスイッチ
リップコード・ハンドル
リザーブ・リップコード・ハンド
スモーク・グレネード
デジタル無線機
タブレット型情報端末
オーガナイザー・ポーチ
コンパス
GPS
マイクロライト
HALOナビゲーション・ボード
HALO高度計
ユーティリティー・ポーチ
H&K MP7A1PDW
ファスト・マグ（H&K41
パラシュート・コンテナ
ロープ
H&K416AS
アサルト・ライフル
ハンド・グレネード・ポーチ
ケミカル・ライト
カラビナ
タクティカル・ナイフ
バックパック
レッドフレア
身長：176cm

■サイレント・コア 川西雅文 三等陸曹のHALO装備

東シナ海開戦５

戦略的忍耐

大石英司
Eiji Oishi

C★NOVELS

口絵・挿画　安田忠幸

目次

登場人物紹介

日本

〈特殊部隊サイレント・コア〉

土門康平《どもんこうへい》　陸将補。水陸機動団長。出世したが、元上司と同僚の行動に振り回されている。

〔原田小隊〕

原田拓海《はらだたくみ》　一尉。陸海空三部隊を渡り歩き、土門に一本釣りされ入隊した。今回、記憶が無いまま結婚していた。

畑友之《はたけともゆき》　曹長。分隊長。冬戦教からの復帰組。コードネーム：ファーム。

高山健《たかやまけん》　一曹。分隊長。西方普連からの復帰組。コードネーム：ヘルスケア。

大城雅彦《おおしろまさひこ》　一曹。土門の片腕としての活躍。コードネーム：キャッスル。

待田晴郎《まちだはるお》　一曹。地図読みのプロ。コードネーム：ガル。

田口芯太《たぐちしんた》　二曹。部隊随一の狙撃手。コードネーム：リザード。

比嘉博実《ひがひろみ》　三曹。ドンパチ好きのオキナワン。田口の「相方」を自称。コードネーム：ヤンバル。

吾妻大樹《あづまだいき》　三曹。山登りが人生だという。コードネーム：アイガー。

〔姜小隊〕

姜彩夏《かんあやか》　三佐。元は韓国陸軍参謀本部作戦二課に所属。司馬に目をかけられ、日本人と結婚したことで部隊にひっぱられた。

漆原武富《うるしばらたけとみ》　曹長。司馬小隊ナンバー2。コードネーム：バレル。

福留弾《ふくとめだん》　一曹。分隊長。鹿児島県出身で、部隊のまとめ役。コードネーム：チェスト。

井伊翔《いいかける》　一曹。高専出身で部隊のシステム屋。コードネーム：リベット。

水野智雄《みずのともお》　一曹。元体育学校出身のオリンピック強化選手。コードネーム：フィッシュ。

西川新介《にしかわしんすけ》　二曹。種子島出身で、もとは西方普連所属。コードネーム：トッピー。

御堂走馬《みどうそうま》　二曹。元マラソン・ランナー。コードネーム：シューズ。

姉小路実篤《あねこうじさねあつ》　二曹。父親はロシア関係のビジネス界の大物。コードネーム：ボーンズ。

川西雅文《かわにしまさふみ》　三曹。元Ｊリーガー。コードネーム：キック。

由良慎司《ゆらしんじ》　三曹。西部普連から引き抜かれた狙撃兵。コードネーム：ニードル。

小田桐将《おだぎりしょう》　三曹。タガログ語を話せる。コードネーム：ベビーフェイス。

阿比留憲《あびるあきら》　三曹。対馬出身。西方普連から修業にきた。コードネーム：ダック。

赤羽拓真《あかばねたくま》　士長。フィールドでのゲテモノ食いに長ける。コードネーム：シェフ。

〔訓練小隊〕

甘利宏《あまりひろし》　一曹。元は海自のメディック。生徒隊時代の原田の同期。訓練小隊を率いる。コードネーム：フアラライ。

〔民間軍事会社〕

音無誠次《おとなしせいじ》　土門の元上司。自衛隊退役者からなる民間軍事会社《P M S C》の顧問。〝ヘブン・オン・アース〟内に滞在していた。

西銘悠紀夫《にしなゆきお》　元二佐。〝魚釣島警備計画甲２〟の指揮をとる。

赤石富彦《あかいしとみひこ》　元三佐。

木暮龍慈《こぐれりゅうじ》　元一曹。狙撃手。二〇年前に引退し、北海道でマタギとして暮らしていた。

〔水陸機動団〕

司馬光《しばひかる》　一佐。水陸機動団教官。引き取って育てた娘に店をもたせるため、台湾にいたが……。

〈航空自衛隊〉

丸山琢己《まるやまたくみ》　空将。航空総隊司令官。

永瀬豊《ながせゆたか》　二佐。原田が所沢の防衛医大付属病院で世話になった医師。防衛医大卒で陸上自衛隊のレンジャー・バッジを持っている変わり者。

三宅隆敏《みやけたかとし》　三佐。予備自衛官。五藤彬の恩師。

（総隊司令部）

羽布峯光《はぶみねみつ》　一佐。総隊司令部運用課別班班長。

喜多川《きたがわ》・キャサリン・瑛子　二佐。情報将校。横田出身で、父親はイラクで戦死したアメリカの空軍将校。

新庄藍《しんじょうあい》　一尉。父親は小月《おづき》の鬼教官だった。ＴＡＣネーム：ウィッチ。

（警戒航空団）

戸河啓子《とがわけいこ》　二佐。飛行警戒管制群副司令。ウイングマークをもつ。

（第六〇二飛行隊）

内村泰治《うちむらたいじ》　三佐。第六〇二飛行隊副隊長。イーグル・ドライバー上がり。

〈海上自衛隊〉

佐伯昌明《さえきまさあき》　元海上幕僚長。太平洋相互協力信頼醸成措置会議《CICPO》の、日本側代表団を率いていたが、バイオ・テロによる感染症で死亡。

河畑由孝《かわはたゆたか》　海将補。第一航空群司令。

下園茂喜《しもぞのしげき》　一佐。首席幕僚。

伊勢崎将《いせざきたもつ》　一佐。第一航空隊司令。

（第一護衛隊群）

國島俊治《くにしましゅんじ》　海将補。第一護衛隊群司令。

梅原徳宏《うめはらとくひろ》　一佐。首席幕僚。

（航空集団）

樋上幸太《ひのうえこうた》　二佐。Ｐ－１乗り。前職は鹿屋の第一航空隊幕僚。航空隊総司令部のエイビス・ルームに参加。

〈外務省〉

九条寛《くじょうひろし》　外務省・総合外交政策局・安全保障政策課係長。〝ヘブン・オン・アース〟日本側の事務方トップ。

〈防衛省〉

〔陸幕防衛部〕

竹義則《たけよしのり》　二佐。航空隊総司令部のエイビス・ルームに参加。

〔海幕防衛部〕

福原邦彦《ふくはらくにひこ》　二佐。海幕防衛部装備体系課付き。前職は護衛艦の艦長。航空隊総司令部のエイビス・ルームに参加。

〔豪華客船〝ヘブン・オン・アース〟〕

ガリーナ・カサロヴァ　〝ヘブン・オン・アース〟の船医。五ヶ国語を喋るブルガリア人女性。

五藤彬《ごとうあきら》　〝ヘブン・オン・アース〟の船医。感染症学が専門の研究者。

是枝飛雄馬《これえだひゅうま》　プロオケを目指していた青年。プロオケの先輩から誘われ、〝ヘブン・オン・アース〟に乗り込んだ。

浪川恵美子《なみかわえみこ》　是枝が思いを寄せるビオラ奏者。音楽教師を三年で辞めて、奏者に復帰した。

ナジーブ・ハリーファ　ハリーファ＆ハイガー・カンパニーのＣＥＯ。豪華客船内のバイオ・テロの首謀者。

アメリカ

〈陸軍〉

マーカス・グッドウィン　中佐。グリーンベレーのオブザーバー。

〈海軍〉

クリストファー・バード　元海軍少将。太平洋相互協力信頼醸成措置会議《CICPO》のアメリカ側代表団。佐伯昌明元海上幕僚長のカウンターパート。

〈海兵隊〉

ジョージ・オブライエン　中佐。海兵隊オブザーバー。

（ネイビーシールズ）

カイル・コートニー　曹長。チーム１のベテラン。

エンリケ・リマ　大尉。部隊の指揮をとる。

中国

（中南海）

潘宏大《パンホンタァ》　中央弁公庁副主任。

（国内安全保衛局）

秦卓凡《チィンチュオファン》　二級警督（警部）。

蘇躍《スゥユエ》　警視。許文龍《シユウェンロン》が原因でウルムチ支局に左遷されたと思っていた。

（科学院武漢病毒研究所）

馬麗夢《マリーモン》　博士。主任研究員。

〈海軍〉

（総参謀部）

任思遠《レンスユアン》　少将。人民解放軍総参謀部作戦部特殊作戦局局長兼特殊戦司令官。四一四突撃隊を立ち上げた。

黄桐《ホアントン》　大佐。局次長。

（〝蛟竜突撃隊〟）

徐孫童《シユイスントン》　中佐。〝蛟竜突撃隊〟を指揮する。

宋勤《ソンチン》　中佐。元少佐の民間人で、北京大学日本研究センターの研究員だった。任思遠海軍少将に請われ復帰した。

（南海艦隊）

東暁寧《トンシィアオニン》　海軍大将（上将）。南海艦隊司令官。

賀一智《ホヲイーチィ》　海軍少将。艦隊参謀長

万通《ワントン》　大佐。艦隊対潜参謀。

（東海艦隊）

唐東明《タンドンミン》　大将（上将）。東海艦隊司令官。

馬慶林《マ チンリン》　大佐。東海艦隊参謀。アメリカのマサチューセッツ工科《MIT》大学でオペレーションズ・リサーチを研究し、博士号を取った。その後、海軍から佐官待遇でのオファがあり、軍に入る。唐東明の秘蔵っ子。

（ＫＪ－600（空警－600））

浩菲《ハオフェイ》　中佐。空警－600のシステムを開発。電子工学の博士号を持つエンジニア。

葉凡《イエファン》　少佐。空警－600機長。搭乗員六人のうちの唯一の男性。

秦怡《チィンイー》　大尉。副操縦士。上海の名門工科大学、同済大学の浩菲の後輩。電子工学の修士号をもつ。

高学兵《カオシュエビン》　中尉。機付き長。浩が関わるずっと前から機体開発に関わっていたベテランエンジニア。

（Ｙ－９Ｘ哨戒機）

鍾桂蘭《チォンクイラン》　少佐。ＡＥＳＡレーダーの専門家で、哨戒機へのＡＥＳＡレーダーの搭載を目指す女性。

（第164海軍陸戦兵旅団）

姚彦《ヤオイェン》　少将。第164海軍陸戦兵旅団を率いる。

万仰東《ワンヤントン》　大佐。旅団参謀長。

雷炎《レイイェン》　大佐。旅団作戦参謀。中佐、兵站指揮官だったが、姚彦が大佐に任命して作戦参謀とした。兵士としては無能だが、作戦を立てさせると有能。

戴一智《タイイーチィ》　中佐。旅団情報参謀。情報担当士官だったが、上官が重体になり旅団情報参謀に任命された。

（台湾）

頼筱喬《ライシャオチャオ》　サクラ連隊を率いて戦死した頼龍雲《ロンユン》陸軍中将の一人娘。台北で新規オープンした飲茶屋の店主。司馬光が〝チャオ〟と呼び、店の開店を支援している。

王志豪《ワンチーハオ》　退役海軍中将。海兵隊の元司令官で、未だに強い影響力をもつ。王文雄の遠縁。

王文雄《ワンウェンション》　司馬の知り合いで、司馬は〝フミオ〟と呼ぶ。京都大学法学部、大学院に進み、国民党の党職員になった。今は、台日親善協会の幹部候補生兼党の対外宣伝部次長。

〈陸軍〉

（陸軍第601航空旅団）

傅祥任《フーシヤンジェン》　少将。旅団長。

馮陳旦《フォンチェンダアン》　中佐。作戦参謀。

（〝龍城部隊〟）

平龍義《ピンロンイ》　少佐。第1中隊長。

藍志玲《ランチーリン》　大尉。女性のグラビア・アイドル。第1中隊ナンバー3の乗り手。コールサイン：マリリン。

黄益全《ファンイーチェン》　少尉。藍志玲大尉の前席射撃手《ガナー》。既婚者のベテラン。

（フロッグマン部隊）

何一中《ホーイージュン》　大尉。フロッグマン部隊を指揮する。

〈海軍〉

李志強《リーヂーチャン》　大将。

蔡尊《ツァイズン》　中佐。

（〝海龍〟）

顔昇豪《イェンシェンハオ》　大佐。〝海龍〟艦長。

朱蕙《チュフイ》　中佐。〝海龍〟副長。以前は司令部勤務で燻っていたが、切れ者の女性。

（台湾軍海兵隊）

（両棲偵捜大隊《フロッグマン》）

岳威倫《ユエウェイルン》　中士（軍曹）。狙撃兵。コードネーム：ドラード。

呂東華《ルードンファ》　上等兵。狙撃兵。

〔第99旅団〕

陳智偉《チェンヂーウエイ》　大佐。台湾軍海兵隊第99旅団の一個大隊を指揮する。

黄俊男《ホァンジュンナン》　中佐。作戦参謀。大隊副隊長でもある。

呉金福《ウージンフー》　少佐。情報参謀。

楊志明《ヤンヂーミン》　二等兵。美大を休学して軍に入った。

〈空軍〉

李彦《リーイェン》　少将。第５戦術戦闘航空団を指揮する。

劉建宏《リウジェンホン》　中佐。第17飛行中隊を率いる。

シンガポール

〈インターポール・反テロ調整室《RTCN》〉

許文龍《シユウェンロン》　警視正。ＲＴＣＮ代表統括官。

メアリー・キスリング　ＲＴＣＮの次長。ＦＢＩから派遣された黒人女性。

柴田幸男《しばたゆきお》　警視正。警察庁から派遣されている。

朴杋浩《パクボムホ》　警視。韓国警察から派遣されている。

イギリス

〈英国対外秘密情報部（ＭＩ６）〉

マリア・ジョンソン　ＭＩ６極東統括官。大君主《オーバーロード》。

東シナ海開戦5　戦略的忍耐

プロローグ

上陸地点では雨が降っていた。

最初は乗ってきたエアクッション艇のエンジンが巻き起こす飛沫《しぶき》かと思ったが、そうではなかった。風があるせいで、横殴りの雨だ。

上空を舞っていたヘリコプターのローター音は静かになった。というか、それが聞こえたのはほんの一瞬だった。

エアクッション艇のエンジン音に圧倒され、上陸した後もしばらく耳鳴りが続いた。足下はまだ揺れている。あと一〇分も揺られていたら吐いていたに違いない。

全身ずぶ濡れで、動くたびに軍靴の中で水がちゃぷちゃぷ動いている。優れた排水機能がこの軍靴の売りだったはずだが、ちっとも良くはない。

それに寒かった。濡れているせいで、容赦なく体温が奪われていく。何か他のことを考えて気を紛らわさねば気が滅入りそうだった。

兵を呼びまとめる下士官の怒鳴り声があちこちから聞こえていた。砂浜と呼べる空間はなく、岩場伝いにどうにか陸地に上がったと思えば、すぐジャングルだ。砂地はどこにもなかった。

ここは、昨日までいた東沙島とはまるで違う……。

第164海軍陸戦兵旅団・作戦参謀の雷炎《レイイエン》大佐は

そう思っていた。少しでも口を開くと、エアクッション艇のエンジンが巻き上げた砂粒が中に入り不快だ。

まだ夜明け前だった。遠くの景色は見えないが、座礁《ざしょう》した魚雷艇があちこちで燃えているため、全くの暗闇というわけでも無かった。

東沙島はリーフが発達した平坦な珊瑚礁《さんごしょう》の島だが、ここは違う。三〇〇メートルを超える峰々が連なる立派な島だ。そして昨日までは無人島だったが、今は違う。日本、台湾、そして我が人民解放軍の海軍陸戦隊が上陸していた。

ここからは、敵を追い出して島の占領に成功した者の所有となる。それだけの価値がこの島にあるとはとても思えないが、任務だから仕方ない。

雷炎は他人に見つからないよう肩をすくめ、小《こ》股《また》で歩いた。これからジャングルの中に入り、夜が明けるまで雨宿りしながらじっとしていればいいのだ。作戦指揮は誰かがとってくれるだろう。

だが、ここで運悪く情報参謀の戴一智《タイイーチィ》中佐に見つかってしまった。戴は一介の情報担当士官に過ぎなかったが、東沙島で上官が戦死したため、急遽《きゅうきょ》、情報参謀を任ぜられた。そして武勲《ぶくん》ありと判断されて、東沙島からの移動中に中佐昇進の辞令が出ていた。

「戴少佐、いや中佐に出世したのか。君、別に僕を探していたわけじゃ、ないよね」

「幸運でした。たまたま視界に、いかにも自分を探してくれるなという素振りで歩いている士官が目に止まり、大佐殿だとわかりました。まさにこれは僥倖《ぎょうこう》というやつですね」

「……君も修羅場《しゅらば》をくぐって、皮肉《ひにく》がうまくなったな」

「度胸がついたことは事実です。人間、死ぬ時は死ぬんです。われわれにできるのは、その時期をほんの僅かだけ遅らせることでしょう。さあ、命令をください、作戦参謀」

「命令と言ってもさあ……。参謀長や旅団長は、どこに？」

「旅団長は、予定通り島の東端付近に上陸したはずです。参謀長もご無事で、われわれより少し西側にいるかと。慎重に動かないと、敵と遭遇する危険があります」

「僕は、何をやればいいのかな」

「まずは指揮所設営です。自分は、すでに警戒用のドローンの離陸を命じました。次は、近くにいるはずの〝蛟竜突撃隊〟との接触ですね。彼らから情報を得ないと」

「中佐のその暗視ゴーグルで覗いてほしいんだが、沖合に軍艦はいるかな。日本の巡視船とかでもいいが」

戴中佐は波が砕ける岩場の向こうへと視線を向け、双眼の暗視ゴーグルで東西の沖を何度か確認した。

「浮かんでいる船はいません。この雨で視程も限られますが、日本の船も、もちろん友軍の艦艇もいません」

「ここさ、補給は期待していいの？」

「無理ではないですか。空中戦のどさくさに紛れての上陸で、それでも、何隻か攻撃を受けたようですし。しかし空軍力では、われわれの方が圧倒しているので、消耗戦に持ち込めば勝てると空軍の奴らは豪語していますが」

「そんな景気の良い話、どこで聞いたんだ」

「情報を集めるのが自分の仕事ですから」

「そうだよなぁ」

雷炎は、ここで全面降伏するという態度で、両手を腰に宛がって言った。

「雨が上がるまでは、敵の攻撃は無いとみていいだろう。それまで、仮の中隊指揮所を設けよう。なるべく大きな木を探してくれ。太い幹だ。幹が大きいということは、上は繋っていてドローンからは見えない。下ではライバルの樹木は育たないから空間があるということで、指揮所を設営できる」

「了解です。やはりあなたを信じてよかった。大佐にはきっと軍神の守り神がついているんですよ。さあ、行きましょう」

「とは言っても、どうやって探す？　この雨ではドローンの暗視カメラでもジャングル内はよく見えない」

「はい。このゴーグルでも、ジャングルでは二〇メートル先も見えませんね。しかし事前に偵察衛星のデータから起こした詳細な3Ｄマップがあります。上陸ポイントを北斗衛星から割り出せば、どの辺りの木が一番成長しているのかがわかります。ただ〝蛟竜突撃隊〟もいるため、そんなに良い場所は残っていないでしょう。中隊指揮所は奪い合いになりますよ」

「仮でいいよ。ここに長居などしない。二日でわれわれが制圧するか、それとも全滅するかのどちらかだ。東沙島のようにはいかないよ」

「それは、覚悟するしかありませんね。ここの制空権を確保しようとしたら、空海軍の戦闘機の全てをぶち込むくらいの覚悟は必要でしょう。しかしその後の台湾攻略にも備えなければならないから全戦力は使えない」

分隊長らが輝度を落としたタブレット端末を起動させ、北斗衛星からの情報を得て自分たちの居場所を特定する。

一人が、戴中佐に行き先を指し示した。

さて、二日で全滅するか二日で制圧するか、どちらに賭けるべきだろう……。

雷大佐は、目の前の枝を右手で払ってジャングルに分け入った。枝を払った途端、大量の雨粒が跳ねて顔面を直撃し、チッと舌打ちをした。

惨めな気分だ。こんな惨めな経験は、新兵時代の野営訓練以来だ。

階級が上がればこんなことはせず、エアコンが効いた部屋で楽して過ごせると思っていたのに……。

人民解放軍の南シナ海東沙島電撃奪取に端を発した東アジアの騒乱はあっという間に拡大し、東シナ海、尖閣諸島へと迫った。

中国軍は、旧型戦闘機一〇〇〇機をドローン化して出撃させ、日本と台湾の空軍戦力を疲弊《ひへい》させ、その混乱に乗じて占領部隊を魚釣島に上陸させていた。

日本側は、すでに島に潜入していた元陸自隊員らで編成される民間軍事会社の一個小隊に合わせ、陸自特戦群の二個小隊を辛うじて上陸させた。

同時に偵察部隊を潜入させていた台湾軍は、戦闘ヘリ部隊と海兵隊を上陸させた。表向きは、自衛隊を応援するという目的だったが、戦略的忍耐を掲げてなかなか動こうとしない日本に業《ごう》を煮《に》やしての上陸だった。

第一章　橋頭堡

陸上自衛隊特殊作戦群第一空挺団・第四〇三本部管理中隊、その実特殊部隊〝サイレント・コア〟二個小隊を率いて魚釣島西端に上陸した土門康平《どもんこうへい》陸将補は、先に上陸していた民間軍事会社の手招きですぐ藪の中へ入った。

平地はあってないようなもの。平坦な場所すらもほとんどない。海岸線から緩やかな角度で、山《やま》裾《すそ》へ繋がっている。

民間軍事会社の指揮所は、そんなジャングルの中にあった。

ポンチョを着たまま天幕の中に入ると、会いたくもない男が軽く敬礼して待っていた。天井から垂れ下がる赤いLEDランプが揺れ、硝煙《しょうえん》まみれの相手の頬を照らした。

「大変だったようだな」

「犠牲は払いました。戦死者二名、重傷三名です。さっきのキャリバーCHの攻撃で敵は後退した。助かりました」

西銘悠紀夫《にしなゆきお》元二佐は、土門に枯れ木で作った長椅子に腰を下ろすよう促した。

「間に合ってよかった。しかし、なんでお前みたいな国士様がこんな場所にいるんだ？」

「仕事だからです。無論、志願しました。寄せ集めのOB部隊ですよ。こういう部隊を纏めて危険な任務につかせるには、自分みたいな哲学の持ち主も必要でしょう。あなたは賛成しないだろうがね」

「話はおいおい聞くとして、それで、君らはもう三日三晩ここにいるんだろう。少しは休め。われわれが前線に立つ」

「いえ、その必要はありません。昨日までは静かでした。山羊《やぎ》を丸焼きにして、キャンプ・ファイアもしていたくらいです。まだまだ戦えます。それより、水機団の上陸はどうなっているのですか」

「水機団は来ない。仮にわれわれが全滅しても、日本政府は関知しない。何しろ君らは民間人だし、われわれも、存在しない部隊だ。政府は戦略的忍耐をモットーとし、人民解放軍が魚釣島に上陸しているという事実を今後とも認めない。上空でいろいろとやりあったが、それは東シナ海の上空で起こったことであり、尖閣諸島は関係ないという立場を堅持する」

「はあ……」

西銘は、どう反応していいのかわからないという顔をした。

「だからさ、君みたいな国士様は東京にいて、永《なが》田町《たちょう》周辺で裏工作に励んだ方が役に立つと思うぞ」

「でも、正規軍部隊まで上陸してきたんですよ。それでも忍従するというのですか?」

「さすがに正規軍が上陸したとなると状況が変化する可能性はあるだろうが、それもわれわれの期待に過ぎない。希望はもたない方がいいな。陸幕として、この程度ならしばらく支えられると判断したら、水機団の投入は無いだろう。事が大げさになれば、失われるのは戦闘機だけで済まない。イージス艦も沈むことになる。この無人島を守るために、自衛隊の全戦力を使うわけにもいかんだろう。残念だが、全体の戦略を決めるのはわれわれではない。現状では、米軍がどこまで支援してくれるかもわからないからな。今日は陽が昇ったら、敵の出方を見よう。こちらから積極的に討って出るようなことはない。とにかく、休め。ご苦労だった」

「わかりました。この場所は、使いますか」

「いや、指揮所は複数あった方がいい。われわれは、自前で立ち上げる。それに、台湾軍部隊もそれなりに遇する必要がある。ホストとしてな。ここでは狭い。連中、いつまで居座るとか言っていたか？」

「いえ。でも、装備的にも長居はできないようなことは言っていましたが」

「先に挨拶してくるよ。失礼があっちゃ拙《まず》い」

土門はさっさと腰を上げた。指揮所を出ると、道案内と称して、副隊長役の赤石富彦《あかいしとみひこ》元三佐が追いかけてきて、自己紹介してきた。暗闇で、しかも全員迷彩ドーランを塗っているため、誰が誰だかさっぱりわからない。

「陸将補。補給便が来るなら、西銘さんを解任して追い払うか、自分をその便に乗せてください」

土門はポンチョのフードを被りながら「どういうことだね」と立ち止まった。

「最初、敵と交戦した時、ドローンで迫撃砲弾を落とされ、痛い目に遭いました。自分が負傷者を抱えて後退しているところに西銘さんと遭遇し、あの人はその場でピストルを抜き、負傷者を撃ち殺したんです」

「それがなかったら、そいつは助かったか？」

「わかりません……。たぶん無理だった」

「確か君は、水機団の出身だったよな。ここは戦場だ。とんでもなく非人道的なことがまかり通る。

私もあの男は嫌いだが、戦場という深い霧の中では異常な出来事が起こるものだ。君がここを離れたいなら、考慮しよう」

「自分たちの役割はわかっていたつもりですし、捨《す》て駒《ごま》であることも承知しています。しかし、この期に及んで正規部隊が来ないのは釈然としない。防衛出動命令すら出ないなんて」

「政治ってのはそんなものだ。君たちに負担をかけないよう、努力するよ。その怒りは胸にしまっておけ」

民間軍事会社なんてのを使っていいのは、中東の警備請負くらいだな、と土門は思った。正規軍部隊同士での戦闘を前提に作られたものではないのだ。あくまでも自衛隊の退職者の雇用を確保し、次の国連平和維持活動任務《PKO》があったら、その後始末をするための軽武装集団と捉えていた。

沖合で解放軍部隊を警戒していた台湾陸軍のAH－64E〝アパッチ・ガーディアン〟戦闘ヘリ二機が降りてきた。

台湾軍海兵隊がランディングゾーンを確保し、暗視ライトで誘導していた。

二機ものヘリが着陸するには、ぎりぎりのスペースしかない。一番機の着陸を二番機が見守り、ようやく降りてくる。

ローターの回転が止まると、藪の中から指揮官らしき男が出てきた。アサルト・ライフルの銃口は下げているが、右手の指二本はトリガー・ガードに当てていた。

そして男は英語で、怒鳴るように言った。

「北京《ペキン》語を習った相手は誰か？」

それを聞いた土門は、やれやれという顔で「中華料理屋の女将《おかみ》だ」と北京語で応じた。

すると相手は直立不動の姿勢で敬礼し、北京語に切り替えた。

「失礼しました。自分は、海兵第99旅団情報参謀の呉金福《ウージンフー》少佐であります」

「ご苦労、少佐。私がこの部隊を率いてきた土門だ。一応、将軍だけどな」

土門は、砕けた口調で続けた。

「はい。高位の指揮官が率いる部隊であると連絡を受けております。しかし、この符牒《ふちょう》の意味は何でありますか？　中華料理屋の女将とか」

「まあ、暇があったら教えてやるよ。君が指揮官なのかね」

「陸軍部隊、戦闘ヘリ部隊の中隊長もおりますが、作戦全般にかんしては自分が台湾側の指揮官として動くよう命じられています。自分は、つい夕方まで日本の潜水艦に乗っておりました」

「ほう！　ということはつまり、東沙島防衛部隊の生き残りか。たいしたもんだ、ぜひ話を聞きたい」

「光栄です。日本の助けがなければ、今頃自分はここにはいません」

「そういえば、実は、君らを助けるために最初に東沙島に上陸したコマンドは、私の部下だ」

「だろうと思いました。北京語を流ちょうに喋っていた」

「私の部隊では北京語が必修だが、まあ、ここでの公用語は英語で願うよ——」

ここで突然、女性の声が聞こえてきて土門は喋るのを止めた。

「整備兵かね？」

「それなのですが、……戦闘ヘリのパイロットの一人が女でありまして、何と申しますか、やはり、女は拙いですよね」

「とんでもない！　うちのナンバー2も女性だよ。もう指揮所設営に取りかかっている。あとで紹介するよ」

その後呉少佐は、戦闘ヘリ二機と整備兵を連れてきた陸軍第601航空旅団、別名〝龍城部隊〟の第1中隊長・平龍義《ピンロンイ》少佐と藍志玲《ランチーリン》大尉を呼んだ。墜落時に備え、二人は迷彩ドーランを顔に塗っていた。辛うじて、シルエットで一人が女だとわかる程度だ。

だが土門は、その士官の名前に聞き覚えがあった。

「ラン・チーリンだって⁉　あの、グラビア・アイドルの？」

「光栄ですわ、日本の将官に名前を覚えていただいていて。しかも、将軍が北京語を喋るなんて、驚きです」

藍大尉が敬礼した。

「われわれも〝先端科技〟くらいは読む。台湾の軍事雑誌は、あらかた読んでいるよ。しかし、あなたは、その、言っては何だが、リクルート用の作られたキャラクターではなかったのですか」

「表向きはそういう話になっておりますが、間違いなくわが部隊のナンバー1です。夕方の機関砲による援護射撃も、彼女がやってのけました」

平少佐が説明した。

「それは、ありがとう。感謝するよ！　うちの部隊にも、あなたのファンはいる。後で記念写真を撮ってくれ。しかし、驚いた。ということは、つまり、呉少佐の任務は……」

「はい。彼女を守り、無事に連れ帰ることであります。戦力的には、陸軍フロッグマン部隊の何一《ホーイー》中《ジュン》大尉とともに戦います。今は、周囲の警戒についておりますが」

「何から何まで、すまんね。何しろ、うちの政府は動きが鈍くて。ここでの戦闘発生自体、認めようとしない。皆さんの協力は、非常に貴重なものとなる。仲良くやり抜こう。聞きたい話が山ほどある。……この雨だ。敵も夜明けまでは、陣地構築に忙しくて仕掛けてはこんだろう」

「指揮所設営でしたら、自分たちもお手伝いします」

「ありがとう。だが、君らの方がたとえ半日といえども先に上陸したし、地理にも通じている。われわれが指揮所を立ち上げるまで、周囲を警戒してもらえると助かるよ」

「問題ありません。しかし、そちらもたいした荷物ですね」

道路もないのに、軽装甲機動車二両が藪に突っ込んで隠してあった。

「ああ。何しろCH-47で来たからね。運べるものは何でも運んできたよ。さて、夜明けまでに指揮所を立ち上げよう」

台湾軍海兵隊員は、すでに戦闘ヘリのローターに偽装ネットを掛ける作業をはじめていた。

土門は、あらかじめ部下が選定した指揮所のロケーションへと歩いた。

島の西端から、やや南東へと回り込んだ場所を考えていた。何年も研究と議論を重ねた末の場所だった。移動しながら、無線機のインカムで部下を呼んだ。

「チェスト、アイガー、来てくれ！」

チェストこと福留《ふくとめ》弾《だん》一曹と、アイガーこと吾妻《あづま》大樹《だいき》三曹が駆けつける。アイガーは、一二ミリ径の束ねたロープ二本を、両肩からX字にたすきがけしていた。そのロープは、カモフラージュ迷彩柄だ。

アイガーは、ありとあらゆるクライミング・ギアを装備し、持ち歩く銃はピストル一挺だ。一見するとただのクライマーにしか見えないが、そのクライミング・ギアの全てが迷彩柄だった。

「アイガー、登れるか？」

「問題ありません。一〇年かけてルートを研究しました。初見で登れます。ここは、標高は知れていますが、われわれ山男にとっては処女峰のようなものです。胸が高鳴ります」

「よし。チェスト、狙撃チームを同行して一個分隊で登り、鞍部《あんぶ》を越え、東側の峰へドローン用の中継アンテナを置いてこい。交戦は構わないが、敵の部隊規模を見極めてからだぞ。設置完了後は、適当な場所を探して陣取れ」

「了解であります。アンテナ設置場所も事前に研究済みなので、敵がいなければ問題無いでしょう」

「行ってくれ。必要なら増援も出すし、予備のバッテリーも届ける」

土門は、小さなサイリウムが五メートルおきに結ばれたガイドロープを辿り指揮所へと登った。

海岸線からだいぶ奥に入っている。この島で奥に入るとは、山の斜面を登るという意味だった。海岸線は低木しか育たない。指揮所を偽装するには、海岸から離れてそれなりの高さまで登る必要があった。

すでにバラクーダ・ネットが二重に張られ、その下に雨除けのタープが張られようとしていた。

「ガル、例のガスタービン発電機の音が全く聞こえないが、どこに置いたんだ」

「船着き場の近くで、重しを付けた燃料タンクと一緒に沈めたはずです。それは俺じゃなく、リベットの専門です」

ガルこと待田晴郎《まちだはるお》一曹が、システム用ラックのフレームを組み立てながら答えた。

電力を確保するためのポータブルのガスタービン・エンジンを持参していた。だがエンジンであるから、運転中は当然、熱も出せば、その騒音は敵やドローンが出すノイズを聴き取る邪魔となる。

メーカーに要請して、水中に沈めて使えるよう吸気ダクトを装備した代物をテスト中だった。アタッシュケースを少し分厚くした程度の発電機だった。

「リベットでしたら、四用の指揮所で、電源の中継システムを立ち上げているはずです。呼びますか」

部隊のナンバー2であり、一個小隊を率いる姜《かん》彩夏《あやか》三佐が問いかけてきた。

「いや、それには及ばんよ。だが、充電は台湾軍を優先してくれ。それが片付いたら西銘小隊だ。なんとあのガーディアン戦闘ヘリ、グラビア・アイドルが乗っていたよ！」

「グラビア・アイドル？　ああ、リクルート用の広告塔ですね。射撃手《ガナー》ですか？」

姜三佐はタブレット端末を持ち、ペンタブで部下の位置をマップに描き込みながら喋っていた。

「いや、それが本物の、しかもできるパイロットらしいんだ。後で挨拶してくれ」

「はあ、わかりました。それで、タープの隣に天幕を張る予定ですが、間もなく夜明けなので、灯りが漏れることを気にする必要はないと考えましたが、どうしますか」

「日中はいいだろう。熱も籠もるしな。台湾は陸軍と海兵隊の混成部隊、われわれも退役組を抱えていて、指揮系統がやっかいになる」

「西銘さんを、ここに招くんですか？」

「いや、向こうの指揮所を使うかと言ってきたので断ったよ。負傷者を、助からないからと射殺したとかで、部下ともいろいろあったようだ」

「うちも、そうなりますね。ここには原田《はらだ》さんという最高の衛生兵がいないから」

「面倒なことになりそうだ。もし俺に何かあったら、奴は予備自としての階級にものを言わせて、この部隊を仕切ろうとするだろう」

「従うしかありませんよね」

「いや、その時は躊躇《ちゅうちょ》なく撃ち殺せ。この部隊の指揮を、あんな奴に委ねちゃならん。木暮《こぐれ》さんもいるから、おいおい話を聞くさ」

ここで待田が思い出したように言った。

「そうだ。小隊長、先ほど受信したあの動画ですが……」

「ああ、そうね。ぞっとする映像だけど」

姜三佐は、タブレット端末の画面を切り替えて土門に手渡した。

「シー・ガーディアンが撮影した、敵上陸時の映像です。雨は降ってますが、赤外線なので、エアクッション艇のディテール程度はわかります」

「シー・ガーディアンってことは、海保が運用しているんだよね？」

「はい。ちょっと無理して、島の上空まで出てきた感じですね。ふだんはもっと南側を飛んでいるはずですから」

動画では、まず無人のミサイル艇が進んできて次々と座礁や爆発した後、本命のエアクッション艇が突っ込んでくる。上陸する兵士までは映っていなかったが、全部で一〇隻はいるように見えた。

「どうだろうなぁ。大隊規模はいるかなぁ」

「戦車等を積んでいないので、一隻で三個小隊程度は乗せたかもしれません。海自が何隻か沈めたようですが、二個中隊は超えるでしょうね」

「うちも、台湾軍部隊まで勘定に入れれば、一個中隊いると言えなくもないがな」

「われわれはここで何をすればいいのですか」

「第一に持久だ。決して全滅しないこと。敵に占領成功の宣言をさせないことだ。その間に政府が動いて、北京と和平を結ぶなり、アメリカを引っ張り込むなりすれば、状況も変わるだろう」

「ここの山羊を潰すにしても、食料には限りがありますよ。三日を過ぎたら、山羊しか食べるものが無くなります」

「まあ、敵の出方を見よう。俺は、たぶん敵も似たような命令を受けているんだろうと思うがな。その戦力で、敵の掃討を命じられるかどうか。連中もいずれ山羊を食いはじめる。そしたら、この島から山羊がいなくなって、食害が終わるが」

組み上がったラックに、待田がモニターやパソコン、無線機を並べはじめた。

「それ、いいですね。日中台湾の軍隊が上陸したものの食料が底をつき、やむなく島中の山羊を捕獲しはじめた。終わってみれば、戦死者も出さずに山羊を駆逐《くちく》しただけで、握手して全員が国に帰っていった、と——」

接続用ケーブルの束を持った待田がそう呟く。

もちろん、そうはならないことを全員が知っていた。

おそらくは制空権を確保して、きっちりと補給と増援部隊を投入できた者が勝利することとなるだろう。土門にとっては、来た以上は負けるわけにはいかない。問題は、ワンサイド・ゲームに持ち込み、一方的な勝利を得られるか否か。それだけだった。

ワンサイド・ゲームを成功させる条件は厳しい。航空優勢の絶対的確保、航空支援。これらは、自分たちの努力ではどうにもならない要素だ。

逆に、敵もそれが鍵になることはわかり切っている。航空優勢を確保するために、必死になってかかってくるだろう。

この勝敗は、自分たちにとってコントロールできない要素で決まりそうな気がしていた。

雷炎大佐は、そこそこの空間がある場所まで登ると、中隊指揮所の設営を命じた。

まず雨よけのタープを張らせ、救護所を開設させた。暗闇での上陸時に岩礁地帯で滑って転び、負傷した兵士が何名か出ていた。幸い骨折者はいなかったが、鋭い岩肌で酷い裂傷を負った者がいた。グローブをするのを忘れて岩肌に取りつこうとした者もいて、救護所にはたちまち行列ができた。

雷炎が、ミニマグライトで衛生兵の手元を照らしていると、お供を連れた旅団参謀長の万仰東《ワンヤントン》大佐が現れた。

「作戦参謀、何をやっているんだ」

「はい、負傷兵が出まして……。こんな場所で怪我をすると、どんな感染症に罹るかわかりませんので」

雷炎は手元を動かさずに答えた。

「それは、君の仕事なのか」

「おそらく違いますが、暇なので。それより、ご無事で何よりです、参謀長」

「旅団司令部に合流する」

「姚《ヤオ》少将もご無事なんですね。それはよかった。では、自分の出番はもうないでしょう」

「私もそう願っている。さあ、行くぞ」

辺りはまだ暗く、いったん海岸線まで降りる必要があった。突っ込んできたミサイル艇がまだ燻《くすぶ》っているせいで、ゴムが焼けるような化学臭が立ちこめていた。

その煙は今は見えないが、おそらくドローンから地上を隠してもくれるだろう。

直線距離ならほんの七〇〇メートルのところを、一時間以上もかかって移動した。旅団指揮所に着いた頃には、周囲はそこそこ明るくなっていた。ジャングル・キャノピーの下でも、辛うじて他人の表情がわかる明るさだった。何より、枝葉に頬を叩かれず済むのはありがたい。

　到着早々、第164海軍陸戦兵旅団を率いる姚彦《イエン》海軍少将は、泥で汚れた紙切れを二人に見せた。

「自由に使ってくれ」と殴り書きしてある。紙には〝蛟竜突撃隊〟を率いていた宋勤《ソンチン》中佐の名前が書いてあった。

「残存兵は？」と参謀長が聞いた。

「衛生兵が一人残っていた。彼が世話していた負傷兵は、エアクッション艇で撤収させた。衛生兵の話では、攻撃を仕掛けるために昨夜出撃したままだと。それでこの指揮所は留守になった。参謀長は、中佐と会わなかったのかね」

「いえ。後退してくる中佐の部隊を待って下がろうと思ってしばらく待ったのですが……。無事を祈りましょう」

「この島には、どのくらいが辿り着けましたかね」と雷が尋ねた。

「陸軍の水陸両用機械化第124師団を乗せたエアクッション艇はやられた。師団長以下と連絡がとれない」

「そうですか。では、次の便で撤退しましょう。釣魚島《ディアオユーダオ》攻略は、本来、水陸両用機械化師団の任務として立案されていたはずです。彼らはこの地勢も十分研究したでしょうが、われわれは昨日、急に転戦を命じられた。作戦の主導権は、あくまでも陸軍がとるはずだった。それに、少なく見積もってもすでに戦力の二割を喪失《そうしつ》しました。作戦継続は不可能です」

「だが、君は東沙島で部隊の三割を喪失した我が軍を立て直したじゃないか」

「あれは、圧倒的な航空優勢がありました。戦闘らしい戦闘は、その後一戦もしていませんし」

「なるほど。だが、陸軍部隊を乗せたエアクッション艇が攻撃されたのは、君の深謀遠慮《しんぼうえんりょ》が原因だろう」

「人聞きの悪いことを言わないでください。私はただ、この島を研究し尽くした陸軍が先鋒を務めるべきだろうから、われわれは少し外周に膨らみましょうと提案しただけです。膨らんだ分、到着は遅れるし、それだけ日本の攻撃部隊に接近する危険があると反対したのは提督ですよね？」

「ああ。日本側部隊に近いわれわれが被弾するか、先鋒する陸軍部隊が先に被弾するかはわからなかった。君のことだから、どうせそこまで読んでいたんだろう」

「いいえ。ただ私は、横一列になって前進するリスクと、目立たぬよう外に膨らんだ時のリスクはたいして変わらないが、どちらかといえば膨らんで遅れた方が的にならずに済むと思っただけです」

「まあいいさ。それでわれわれが救われたことは事実だ。しかしそのせいで、ここでもわれわれが作戦を主導することになった」

「提督、私は作戦会議から締め出されましたが、東沙島攻略の作戦は半年以上練ったはずです。なのに、誤った判断で上陸直後、一個中隊を潰滅させ、一個大隊を後退させる羽目になった。作戦立案がお粗末《そまつ》だったからです」

雷大佐は、そのお粗末な作戦を立てた参謀長を睨みながら言った。

「昨日、命じられた作戦で、東沙島と同じことをやってみせよというのは無理です」

参謀長が顔を真っ赤にして反論しようとするので、姚提督は、「まあまあ」と抑えた。

「事実は事実だからな。あの上陸作戦は、後になってみれば、穴だらけだった。それで、航空優勢が必要なことは認めよう。だがそれは、望んで得られるものなのか？」

「アメリカの参戦を阻止した上で、引き続いて日本と台湾を疲弊させれば、数日でわれわれは航空優勢を手にできるでしょう。それは間違いない。われわれの空軍力の方が、持久力は高い。その忍耐に付き合って、今ここにある戦力を維持できるかです。東沙島に続き、ここでも同じ提案をしますが、軽挙妄動《けいきょもうどう》して突撃することはおすすめできません。たとえ北京が、今日明日の決定的な戦果を欲してもです。全体の構図でいえば、一週間後、ようやくここを占領できたとしても、台湾攻略の大勢に影響はしないでしょう。むしろ、われわれがここで無理な攻勢を繰り広げて早々と戦闘力を喪失し、台湾に勇気を与えることをこそ心配すべきです」

「君は、東海艦隊の馬《マ》参謀とそういう話をした？」

「いえ。そんな時間はありませんでした。ただ、彼が無能でなければ、作戦の推移は読めるでしょう。たぶん、あの人は優秀な人です」

「だろうとも。われわれが邪険に扱った君の才能を見抜くほどだからな。夜明けを迎えたことだし、部隊を整え、周囲を偵察しつつ、午前中は敵の出方を見よう。午後以降のことは、おいおい考えることにしてな」

「提督、お待ちください。よろしいですか！」

ここで参謀長が、怒気を含んだ表情で立ち塞がった。鼻の孔から火でも噴きそうな剣幕だ。

「雷炎への文句以外なら聞くぞ」

「自分は参謀長として、ただちに前進し、敵を攻略することを提案します！　理由ですが、第一に敵の増援はまだ十分とは言えません。衛星で見張っている本国は、おそらく最大でも一個中隊規模の増援だろうと見ている。今のうちに叩くべきです。第二に、われわれは早々と制空権を失う危険に備えるべきです。敵を疲弊させるとは言うが、疲弊する前にこちらの空軍戦力が潰滅する事態も想定すべきです。われわれは東沙島防衛にも戦闘機を使っている。向こう三日間、空軍が無事でいてくれる保障は無い。海軍だってそうです。海軍の艦艇が、たった数隻の日本の潜水艦に攻撃を受けて潰滅したら、海軍はさっさと引き揚げ、港に立て籠もるはずです。そうなったら航空優勢どころではない。われわれは敵の航空優勢下で孤立します。——以上の二点を理由に、ただちに攻勢をしかけるべきです」

「なるほど、もっともだな。雷炎大佐、反論はあるかね」

「はい。第一の敵の増援にかんしてですが、戦略的忍耐を主義とする日本は、この期に及んでもこご釣魚島で戦闘が発生していることを認めず、水機団の大規模な部隊を派遣する素振りを見せない。つまり、今以上の増派は無いということです。今後とも補給がある可能性はあるが、それは最小限でしょう。そしてこれは、わが味方が航空優勢をそこそこ確保できれば阻止できる。それこそ潜水艦で鉄砲の弾を運ぶくらいしかできないでしょう。旧日本軍は、駆逐艦による細々とした輸送を鼠《ねずみ》輸送と呼んでいましたが、これは文字通りで、遠く離れた南洋で孤立する兵隊にとっては何の慰《なぐさ》めにもならなかった。そして第二の航空優勢の喪失ですが、われわれが早々と航空優勢を喪失する可能性はあります。大いにある。けれど、もし航空優勢が喪失する前にこの島を占領できたとして、何か達成できますか？　われわれが航空優勢を失うということは、敵は今度は空から自由に爆撃できるという意味です。血を流しての島の占領自体が無意味になる。東沙島よりかなり大きな島だとはいえ、われわれはほんの半日で潰滅します。むしろ敵味方が混戦することで、制空権を失った後でも、敵の爆撃やミサイル攻撃を阻止できる。同士撃ちになりますからね。参謀長の提案が馬鹿げていると言う気はありませんが、強いて言えば、犠牲を先延ばしにしても結果は変わらないとしたら、それは先延ばしにすべきです」

「わかった。参謀長の意見を却下するわけではない。われわれに戦闘の意志があることを誇示するために、威力偵察程度のことは仕掛けるつもりだ。しかし、大原則としては雷大佐の作戦でいこう。まずは橋頭堡《きょうとうほ》を確保できた。北京には、それで喜んでもらうしかないな。連中はまたぶつぶつ言うだろうが、われわれは東沙島で結果を出した。今度も黙って見守ってもらうしかない。ただし、結果を出す必要があるぞ」

　陽が昇ると、〝蛟竜突撃隊〟を率いていた宋勤中佐が負傷兵を抱きかかえて戻ってきた。前線から五時間近くも費やして戻ったのだ。

　全身血だらけだったが、中佐自身は無事のようだった。負傷兵はすぐ軍医に委ねられた。だが、彼らはすでに息絶えた兵士まで担いできたようだ。

　タープを張った指揮所で、姚提督は「脱水症状を起こすぞ」と、スポーツ・ドリンクが入った水筒を宋中佐に差し出した。

「いえ。まずは部下へ与えてください」

「心配はいらん。全員分ある。君は今頃、北京で優雅な学者生活を送っているんじゃなかったのかね」

「はい。ただ、やり残した仕事があったような気がしまして……」

「なぜわれわれの到着を待たなかったのだ」

「作戦を報《しら》されておらず、北京は戦果を急いでいました。敵の航空支援がなければ、そこそこうまくいくつもりでした。ですが最初は戦闘ヘリにやられ、昨夜は大型ヘリからの重機関銃の攻撃にやられました。あの発射速度は手動ではなく、おそらく電動でしたね」

「部隊は、全滅か？」

「いえ、まだ半数は無事です。少々、精神的に参ってはいますが、しばらく休めばまた戦場に復帰できます。道案内も可能です。途中まで、われわれが開拓したルートがあります」

「島の南側は駄目かな」

「おすすめできません。斜面が急で崖伝いの移動になります。立ち木もまばら、移動も困難なら、上から丸見えです。稜線《りょうせん》伝いにという手も、無くは無いですが、それも丸見え。更なる天候悪化を待つという手はありますが……」

今は、朝焼けの光が斜めに差し込んでいる。天気予報は芳しくなかったが、今現在は晴れている。

中佐はようやくパイプ椅子に腰を下ろすと、所々どす黒く血が固まった右手で、水筒に手を伸ばした。

「勝ち目はあると思うか」

「……敵の増援は、どのくらいですか？」

「中隊規模と見られている。こちらは、その倍はいるがね」

「なら、可能でしょう。皆さんは、東沙島攻略をやってのけた。その技量があれば、十分に可能だと考えます。携帯式ミサイルもお持ちでしょうし」

「それはあるし、ドローン兵器もそれなりに持参した。雷炎とは面識があるんだろう」

「旧日本軍に関する彼の論文は、全て読んでおります。現役時代、当時の軍の文書を巡って日本語の解釈でメールをやりとりする付き合いでした」

「ここにいるぞ。東沙島攻略は散々でな、危うく全滅しかけた。そこでやむなく、彼の才能を頼ることになったんだ」

「ご冗談を。銃を担ぐことすら嫌がる男ですよ」

「ああ。だから鉄砲は担がなくていいと言って連れてきた。おい、誰か雷炎を連れてこい！」

提督は、外にいる兵士に向かって怒鳴った。

雷炎大佐が現れるまでの数分間、宋中佐は上陸に成功した部隊の総数や持参した武器の詳細を知りたがった。水筒の中身を全部飲み干す頃、ようやく雷炎大佐が現れた。

宋に気づくなり、その格好は何だという顔をした。

「雷大佐、君は作戦参謀という重責なのに、どうしていつも指揮所にいないんだね」と提督が質した。

「こういうところは的になるだけですから、できれば近づかずに済ませたいので」

「私は少し、周囲を観察してくる。中佐に必要な情報を与えた上で休ませろ」

宋中佐はパイプ椅子から立ち上がって敬礼したが、雷は「ごゆっくり」と提督に声をかけただけだった。

雷炎大佐は姚提督が座っていた椅子に腰を下ろすと、「なんでこんな所に？」と尋ねた。

「それはこっちの台詞《せりふ》というか、お互い様ですね。つい三日前までは、東京の女子大生とビデオ・チャットしてました。火薬の臭いも、忘れていた」

「自分を引き立ててくれた上官のためか。……馬鹿馬鹿しい」

「そういう雷さんは、どうなんです？」

「僕はさ、兵站《へいたん》業務で、あの出鱈目《でたらめ》な作戦を救おうとした。案の定、部隊はヘマをして、否応なく前線に呼び出されたんだ。海岸に上陸した途端、軍靴に砂が入ってさ、つくづく仕事を間違えたと思ったよ。今朝はずぶ濡れで、軍靴は海水が抜けないし。君らは塹壕足《ざんごうあし》にはならないの」

「小まめにクリームを塗るよう命じているが、正直、作戦が長引くことは想定していなかった。われわれは、正規軍が来るまでの時間稼ぎですからね」

「なら、もう任務は終えた。次の補給がきたら引き揚げればいい」

「協力しますよ。われわれはここから直接、台北《タイペイ》へと上陸します。あなたが作戦を立てるのであれば、可能でしょう」

「僕は魔術師じゃない。東沙島は、上陸してしまえば勝って当たり前の作戦だったが、ここはそうじゃない。そうはいかないぞ。味方の制空権も怪しいもんだ。徹頭徹尾《てっとうてつび》逃げ回り、持久して時間稼ぎすることしかできない」

雷は、その目論見を小声で喋った。

「その後はどうしますか？」

「本国が業を煮やして、われわれを無視して勝手に台湾本島へ上陸すればしめたものだ。ここは忘れられた戦場になる。戦争が終わるまで、山羊でも喰って過ごすさ」

「あなたらしい作戦だ。いずれにしても、あなたがここにいるのは心強いし、あなたの部隊からも、われわれがここにいることを当てにしてもらえるよう、信頼関係を築きますよ」

「とにかく、一休みしてくれ」

「ありがとうございます。机を借りていいですか、戦死兵の遺族に、手紙を書かないと」

「その手書きの紙を後送できればいいがな。現状では、次の補給も怪しいから」

「その時は、ここで手紙の写真を撮り、デジタル・データとして送りますよ」

雷大佐は、紙とペンを持ってくるように兵隊に告げた。

彼らは役には立ってくれるだろうが、戦力としてはあまりにも僅かだ。

それに、才能ある知り合いをこんなところで無駄死にさせたくはないと思った。

「あと、ここには長居しない方がいいな。じきにミサイルが飛んでくる」と警告した。

作戦会議の類《たぐい》なら、どこか場所を移動しながらにしてほしいものだと思いながら。


土門陸将補は、細く切れ込んだ船着き場の手前に立って海面を見下ろしていた。

フィッシユこと水野智雄《みずのともお》一曹が、ウェットスーツ姿で海に入り、奇妙な物体を浮かべた。フリスビーの形状に似ているが、エイにも似ている。

大きさは、座布団ほど。ほとんどがバッテリーだそうだ。

〝スティングレー〟と名づけられたこの水中ドローンは、尾部にダクト型のスクリューを二基装備していた。中央には、小さなアンテナが立っていた。

「勿体無いよね」

「回収ポイントまでは二日ほどかかりますが、間違い無く辿り着くでしょう。そこで浮上して、黄色い反射型バルーンを膨らませます。攻撃ドローンではありませんから、値段もそれなりです。潮流や水温を測り、そのセンサー記録を数分おきに発信する。発信間隔は自由に設定できるし、手前の山にアンテナが一本立ったので、おそらくコミユニケーションは問題ないでしょう。必要なら上空を飛ぶドローンでも、その電波は拾えます」

「それで、水中からの接近上陸は可能だと思うか？」

「おすすめしません。確かに潮流は西から東ですが、とにかく速い。このドローンが探るのは、水中からのアプローチが可能かを調べることではなく、敵が西側からこちらへ泳げる可能性を潰すためです。水中スクーターとかがあれば別ですが」

「お前さんならできるか」

「水中スクーターをもってしても、この流れに逆らって泳ぐのは難しいですよ。少なくとも、部隊行動は難しい」

「だが〝蛟竜突撃隊〟は、そうやって上陸してきたんだろう」

「はい。水中スクーターを使ったことは間違いない。聞いてみたいですよ。どんな手を使ったのかね。たいした技術です」

　島の北側と南側へ二艇を発進させた。二艇とも海岸線に沿って泳ぎ、海中データを送信しながら島の東端を目指す。そこまで来たら、あとは潮流も利用して尖閣諸島を離脱し、味方の勢力圏内まで時間をかけて航走するはずだ。


　指揮所に戻る途中、台湾軍のグラビア・モデルとすれ違った。指揮所に持ち込んだ電子装備に驚いたという話で、日本側が持っている天気予報の情報が小まめにほしいという。

　ヘッドセットを被った姜三佐は、モニターがずらりと並ぶ指揮所の後方に仁王立ちしていた。

　そのモニターの一つには、気象衛星のリアルタイム画像も表示されていた。

「彼女、どうよ?」と土門は聞いた。

「驚きました。自信満々というか、私が言うのも何ですが、まるで中身は男のようですね。確か、ええと」

「姉御肌《あねごはだ》?」

「ええ、それです！　その表現がぴったり。軍隊にいなければ、アイドル・グループを率いているような感じですよ。あるいは宝塚の男役みたいな」

「何にせよ、そりゃ頼もしい話だ。天は二物を与えたということだな」

「ええ。でも、天気はまた傾くようです。ドローンのカメラも役に立たなくなる雨雲が近づいています」

「ガル、今のうちに地図を作り、下が見えなくても攻撃できるような手筈をつけておいてくれ」

「了解です。一応、座標マップは台湾軍に手渡してあります。一〇〇メートル四方に区切ったやつですが」

「それでいい。ただ、戦闘ヘリは抑止力だ。ここにいるという事実が大事で、ヘリの武器を空にするのは拙いだろうな」

「同感です」と姜が頷いた。

「いつでも飛び立ち、ロケット弾を撃ち尽くせるという脅しが大事です」

　晴れ間は一瞬のことだった。空はすぐ曇り、また小雨が降り出した。

　敵は、すぐ仕掛けてくるようなことはしなかった。

　そうであってほしいと願ってはいたが、いざそうなると不気味だ。こちらの出方を慎重に見極めている指揮官がいるということだ。

　一筋縄《ひとすじなわ》ではいかない敵らしいと土門は思った。

第二章　嘉手納

その日、いや、この二四時間で起こったことを、自分たちは生涯忘れることはないだろう。

大昔、自分が任官した頃、退役した元幹部からソヴィエト軍の〝東京急行〟を追いかけた話を聞くことがあった。

当時の戦闘機は足が短く、たった一機のツポレフ－95偵察機をインターセプトするために、日本中の空自基地から数十機にも及ぶ戦闘機を上げて追尾、迎撃した。レーダー・スクリーンは、まるでクリスマス・ツリーのようだったと言う。

当時がクリスマス・ツリーだったとすれば、昨日起こったことは何だろうかと、戸河啓子《とがわけいこ》二佐は考えた。戸河は飛行警戒管制群副司令で、元はE－2C早期警戒機乗りだ。ウイングマークも持っている。

これはまるで、フライト中に高高度の澄んだ夜空から見上げる星空のようなスクリーンだ。システムがもっている処理能力を超える数百の機体が、この東シナ海上空を乱舞していたのだ。

最初その戦闘機は、四機の編隊で現れ、領空ぎりぎりに飛んで去っていった。

コクピットは内側から目張りされ、中は見えなかった。武装はなく、燃料タンクを下げているだけ。その編隊が、やがて倍々ゲームで増えていったのだ。

決して領空侵犯はせず、中国沿岸部から上がっては尖閣や、台湾北部、そして沖縄本島をかすめては引き返していく。

国際法的には危ういが、台湾も航空自衛隊もこれらを脅威と判断し、領空侵犯する前にバルカン砲を用いて撃墜した。

使用機体も最初はベトナム戦争時代のミグ－21戦闘機がメインだったが、やがてミグ－19になった。台湾空軍からは、朝鮮戦争時代のミグ－15とも遭遇したという報告が入った。

その旧型戦闘機を用いたドローン編隊は、終日襲来を続け、深夜にはついに海軍部隊と呼応した人間が乗り武装した戦闘機部隊が現れた。

台湾空軍、航空自衛隊を交えた混戦となったが、こちらはとにかく疲労していた。また解放軍艦艇の居場所を見誤ったことで、魚釣島に接近していた上陸部隊に気づくのも遅れてしまった。

味方の戦線が後退しはじめ、早期警戒管制機を護衛していた部隊まで投入するしかなくなった時、こちらのギアが入れ替わった。あれはまさに、ギア・チェンジし一気に加速した感じだ。

尖閣近くに展開していた海上自衛隊の護衛艦隊が、解放軍の早期警戒機に向けイージス・レーダーの収束ビームを浴びせてそのレーダーを黙らせたのだ。

それはデュアル・バンド・レーダーを装備した最新式の早期警戒機で、システムはまだ米軍も持っていなかった。ステルス戦闘機もそれなりに映るということで、頭痛の種だったが。

そのレーダーを潰した直後、沖縄東方海上に潜んでいた航空自衛隊のＦ－35Ａ部隊がスーパー・クルーズで中国空軍に殴り込みをかけた。同時に、嘉手納《かでな》からようやく米空軍のゴールデン・イーグル編隊が発進し、解放軍機に仕掛けたのだ。

多勢に無勢とみた解放軍の戦闘機部隊は、ここで徐々に後退していった。だがその隙に、中国海軍の揚陸艦部隊が魚釣島に肉薄し、囮の無人ミサイル艇を多数突っ込ませた上で、本命のエアクッション艇を発進させ、魚釣島への橋頭堡の確保に成功したのだ。

中国海軍は、エアクッション艇を回収すると一目散に後退しはじめた。そして中国空軍機はその艦隊防空の任に徹し、こちら側を挑発することもなくなった。

戸河が乗った第六〇二飛行隊のボーイングＥ－767空中早期警戒管制指揮機《ＡＷＡＣＳ》は、陸自航空隊のＣＨ－47ＪＡ大型ヘリコプターが無事に荷物を魚釣島に送り届けて帰還する様子を見届けると、いったん新田原《にゅうたばる》基地まで補給と休息のために引き揚げた。そして夜明けとともに、再び南西諸島へと向けて離陸した。

もちろん上空で警戒しているのは、ＡＷＡＣＳだけではない。那覇《なは》基地のＥ－２Ｄ〝アドバンスド・ホークアイ〟も常時二機が上がっていた。

昨日とは、打って変わって平和な朝だ。パイロット・クルーを含めた搭乗員の三分の一は入れ替えたが、半分以上はすでに二四時間以上任務についている。戸河自身もすでに二日間乗っていた。基地の浜松《はままつ》を出て三日、新田原では着替える時間はあったが、洗濯機を回すことはできなかった。そのため、基地の女性隊員に女性クルー分の下着を調達してもらっていた。

新田原で何か新たな情報が得られるかと思ったが、疲弊したパイロットや支援機材のサポートで基地はてんやわんやだ。結局、欲しかった情報は何一つ得られず、再び空に上がることとなった。

頼みはラジオだけで、航空自衛隊はこの無人機部隊を〝ゴースト・ライダーズ〟と名づけていた。無人機編隊と空自や台湾が交戦しているという事実は、すでにニュースとして流れていた。しかし、魚釣島を巡る情報は一切無かった。

巡航高度に上がり種子島《たねがしま》東方沖を通過すると、ようやく一息つくことができた。ここで第六〇二飛行隊副隊長の内村泰治《うちむらたいじ》三佐と、コクピット背後のコンピュータ・ラックの陰に立った。米軍の参戦を巡って情報交換のためだ。

「……そっちはどう?」

「駄目ですね。浜松の連中が聞かされていない情報を、われわれが新田原で得るのは難しいです。イーグルに乗っていた頃の同僚何人かに聞いてみましたが。そもそもこちらの待機リストには、米空軍が載っていないんですよ。どこまで期待していいんだか……」

「二個飛行隊五〇機もの最新鋭のイーグル戦闘機を持っているのよ。それが嘉手納にいるというのに、気まぐれで出撃してくるんじゃたまらないわ。加勢するならするで、はっきりしてもらわないと」

「その理由一、見るに見かねて出てきた。理由二、後で知らん顔をしたと言われないため、一度だけ加勢した。理由三、いよいよアメリカがこの戦争にコミットする先駆けとして出てきた」

「三は無いでしょう。もしそうなら、われわれの迎撃編成に嘉手納の部隊も組み込まれるはずだから。それに米空軍のＡＷＡＣＳも上がっていなければおかしいけど、せいぜいグローバルホークが飛んでいる程度でしょう。まあ、ステルスな無人偵察機は飛んでいるかもしれないけど。いいところ理由二じゃないかしら。それにしても、今日は少しはのんびり過ごしたいわね。さすがに無人戦闘機はもう尽きたはずだけど」

「でも、あれは全て、元有人戦闘機です。当然、無人機は別途量産しているはずですよ。武器を搭載できるかはわかりませんが。そういう大編隊がまた数百機繰り出してきても、不思議はないです」

「もう燃料は底をつくし、パイロットもくたくたよ。整備不良で事故が起こっても不思議はない」

奄美大島《あまみおおしま》まで到達すると、奇妙なことが起こっていた。ここから二五〇キロ——沖縄本島南部の嘉手納基地から、次々と米空軍機が上がったというのだ。滑走路から誘導路まで使い離陸しているという。最初は戦闘機だけだったが、ヘリや連絡機も上がりはじめていた。

二人はレーダー・スクリーンの背後からその様子を覗き込み「いったい、これは何だ」と首を傾げたが、理由はすぐわかった。ミサイル警報が発せられたのだ。

実際にミサイルが上がった様子はないが、大陸間弾道弾の警報が出たことで、嘉手納基地から米軍機が避難行動に入ったのだ。

それから一〇分近くが経過すると、ようやく那覇から自衛隊機が上がりはじめた。戦闘機から哨戒機、陸自のヘリ、警察、防災、海上保安庁に至るまで、続々と空に上がってくる。

「嘉手納には当然米軍のＰＡＣ３部隊が展開しているし、うちも那覇にＰＡＣ３はあるわよね」

「中国は、那覇と嘉手納の両方に飽和攻撃を仕掛けられるほどのミサイルを撃つつもりですかね」

このミサイル警報は、ミッドコースでの迎撃エリアに展開していた海上自衛隊には、もう少し詳しく伝えられた。

尖閣諸島と沖縄本島のほぼ中間位置に布陣する第一護衛隊群を指揮する第一護衛隊のまや型イー

ジス艦〝まや〟（一〇二五〇トン）の司令部作《FI》戦《C》室では、戦闘配置を命じる短い警報が鳴っていた。

第一護衛隊群司令の國島俊治《くにしましゅんじ》海将補が「われわれに迎撃しろという意味だよな」とぼやくように言った。

隣の首席幕僚の梅原徳宏《うめはらとくひろ》一佐が「わざわざ報せてきたということは、善意からではなくそういう意味でしょうね」と応じた。

中国からご丁寧にも「三〇分以内に嘉手納基地を攻撃する。兵士を避難させよ」という通達が米側にもたらされたのだ。それが最後通牒《さいごつうちょう》なのかは不明だが、米軍はただちに嘉手納からの退避をはじめたのだ。

もし南側のルートを弾道弾が飛んでくるなら、台湾上空を通過し石垣寄りに布陣している第二護衛隊群が応戦することになる。いずれにせよ、指揮権は、第一護衛隊群にあった。

「スタンダード・ミサイルの値段を考えたことがあるかね」

「一発、四〇億円ですか？　Ｆ‐16戦闘機一機、ＪＡＸＡのコストダウンした新しい打ち上げロケット一機が買えますよね。老人ホームなら軽く一〇軒は建つでしょう」

その高価なミサイルを、弾道弾一発撃墜するために、二発ずつ打ち上げることになる。イージス艦一隻で対処できるのは、せいぜい二、三発だ。

解放軍は、おそらく一〇〇発単位で飽和攻撃を仕掛けてくるだろう。

このイージス艦隊が最高のパフォーマンスを発揮し垂直発射基の弾道弾迎撃用スタンダード・ミサイルを全て撃ち尽くしても、イージス艦四隻で撃墜できる弾道弾はほんの一二発に過ぎない。

最初にこのミサイルの発射を捉えたのは、台湾のほぼ中央にある、標高二五〇〇メートルの樂山《ルーサン》に建つ巨大なフェイズ・アレイ・レーダーだった。

そのレーダーに一〇発目が映ったところで、第二護衛隊群のイージス・レーダーも目標を捕捉しはじめた。

「よし、みんな。情報をもらったということは、撃ち墜せということだろう。締めてかかってくれ！」

イージス・システムの自動シークエンスが走り出す。ここから先は人間がタッチする部分は無い。國島は「ミサイルの大バーゲンだな」と、胸の内でぼやいた。

台湾上空に現れたミサイルは、ほんの一〇分で沖縄まで到達した。第二護衛隊群の二隻のイージス艦から、スタンダード3ブロックⅡBミサイルが次々と発射された。ミッドコースに移った弾道弾の将来コースへと向けて真っ直ぐ昇っていく。

これが夜空なら、それなりに綺麗な光景が見られるだろうが、今は昼間で、雲が低く垂れ込めていた。

次々と上がってくる弾道弾ミサイルの中で、数発が奇妙なコースを描きはじめた。ミッドコースに乗らず、そのまま上昇を継続しているのだ。

「ロフテッド軌道です！」

普通の弾道弾は、燃料節約のためにも、地表面に沿って飛ぶ。だがそれだとミッドコースを狙うイージス・システムの餌食となるため、わざわざ高度をとったロフテッド軌道でイージス・ミサイルの射程圏外を飛ぶのだ。

最近の北朝鮮のミサイルもそうだ。

もちろん、イージス・システムを開発するメーカーは、ロフテッド軌道に対応して射程を延伸するミサイルの開発も行っている。まさに盾《たて》と矛《ほこ》の関係だ。

「四発ですね。四発がロフテッド軌道です」

梅原が報告する。

「だが、変だ。これは、後続がくるのか」

飽和攻撃を仕掛けるには数が足りないし、何よりタイミングが合わない。

飽和攻撃は、着弾のタイミングを合わせるからこそ飽和攻撃として成功する。そのため時間差を作って発射されるのだ。これでは、着弾のタイミングが大きくずれる。

「四発が那覇です。四発が那覇へと向かう様子です」

「PAC3があるとはいえ、墜せるものはわれわれがやるしかない」

那覇を狙ったミサイルは、ロフテッドではなく通常の弾道弾。弾頭が核でないことを祈るばかりだ。


ロフテッド軌道でない二〇発のミサイルのうち、一二発を四隻のイージス艦が撃ち墜した。だが、迎撃ミサイルが足りず、那覇行きを四発撃ち漏らした。

そしてロフテッド軌道をとった弾道弾四発は、全て嘉手納へと向かい落ちていく。

嘉手納基地では、THAADミサイルをもつ陸軍の第2防空連隊も待機している。ペトリのPAC3より高い高度で、ターミナル・フェーズの弾道弾を迎撃できた。

嘉手納に対しては、通常ミサイルが四発、ロフテッド軌道四発、合計八発での飽和攻撃となった。

THAADミサイルが先に落ちてきた二発を迎撃し、PAC3が四発を迎撃したが、二発が基地内に着弾した。

意図的か偶然か、一発は海岸線ぎりぎりの滑走路端に落ち、もう一発は反対側の内陸側県道を超えた山中に落下した。

そして那覇基地を狙った四発は、航空自衛隊の第五高射群のペトリ部隊が三発撃墜に成功した。最後の一発は、幸い洋上に突っ込んだ。

嘉手納着弾の瞬間の衝撃波を捉えた監視カメラ映像がいくつかあったが、メディアに漏れる前に沖縄県警が回収した。那覇空港の民間エリアは閉鎖されていた。

アメリカ東部は夕方だったが、米国防総省は弾道弾の攻撃を受け、一発が基地の端に、一発が施設外に落下したものの、ほとんどを防空部隊が撃墜したと公表した。

中国を名指しはせず、どこのミサイルであるかも触れないものだった。

アメリカでも、戦略的忍耐がはじまろうとしていた。


AWACSのレーダーでも、発射された迎撃ミサイルや落下直前の弾道弾を捉えることができた。不思議な攻撃だと、戸河二佐は思った。

飽和攻撃というには、明らかに弾数が少ない。あげく、着弾時間もバラバラ。

海自護衛隊群の弾道弾迎撃用ミサイルを空にすることはできたかもしれないが、嘉手納基地は事実上無傷。那覇基地、すなわち那覇空港も同様だ。

「われわれは、たった一〇分で今年の防衛予算の数パーセントを消費しましたね」

國島がそう言った。

「ええ、そうね。戦闘機なら、F-35戦闘機を十数機買えるだけのお金が消えたのよね……」

戸河もしみじみと呟いた。

「ともかく、これは中国政府の意思表示でしょうね。次の攻撃は本気だ、嘉手納なんていつでも更地にできるという脅し……。アメリカは他国を攻撃するような通常弾頭の弾道弾なんて持ってない。巡航ミサイルでも撃ち込むのかしら」

「沿岸部の基地に？　それこそ全面戦争になる。それはやらないと思うな。もちろん、このまま口先だけの抗議でお茶を濁すようならアメリカの世論が黙っていないから、それなりの報復はするだろう。空母を沈めるとかは、あるかなあ」

それから一時間後、グアムと台湾を結ぶ中間地点上空で待機していた二機のB－2ステルス爆撃機に命令が下った。

B－2爆撃機の二機編隊は、バシー海峡を西へと飛び、東沙島三〇〇キロ手前でJSOW－ER、いわゆるパワードJSOWミサイルを合計二〇発発射した。

それと同時に、無人機化されたEA－18G〝グラウラー〟電子戦機二機が、東沙島上空を守っていた解放軍機の中に突っ込んでいった。水平線上にいた中華イージス艦も、手も足も出なかった。

彼らがグラウラーの電子妨害にあっている間、二〇発のミサイルは易々と防空網を突破し、東沙島を守っていた人民解放軍兵士の頭上へ襲いかかった。

被害は甚大だった。海軍陸戦隊に代わり島を守っていた陸軍一個中隊が潰滅し、一〇〇人近い死者が出た。

米国防総省のスポークスマンは攻撃成功を見届けた後、場所は明示しなかったものの、硬い表情で「われわれは必要な報復を行った。このメッセージを中国が正しく受け止めることを望む」と記者発表を行った。質問は受け付けなかった。

その後、CNNが国防総省筋からのリーク情報として、報復攻撃は解放軍が占領した東沙島に対して行われたと報じた。

中国は、その無人機化されたグラウラー電子戦機すら撃墜できなかった。パワードJSOWは、ステルス性能をもつ巡航ミサイルではない。

アメリカはこれで、ステルスに頼らずとも、いつでも、好きな時に防備を固めた場所を攻撃できるのだと、この兵器を使って意思表示をしたのだ。

上海から南へ一五〇キロ、人民解放軍寧波海軍飛行場のハンガーには、満身創痍の早期警戒機が格納されていた。

海軍航空隊が誇るKJ－600（空警－600）型機は、西側のE－2D早期警戒機をデッドコピーしたようなデザインだった。目立つ相違は、機体が背負う巨大なレーダーの天面に、真上から見下ろすと赤い星のマークが描かれていること。

外見は何の故障も見受けられないが、機体は事実上、ガラクタと化していた。

テストベッドとして開発中のこの機体は、敵のステルス戦闘機の所在を探るための切り札だった。アメリカがまだメーカー・レベルでの研究に留まっているデュアル・バンド・レーダーをいち早く採用していたのだ。

だが昨夜、致命的なミスを犯してしまった。敵の居場所を探ろうと、艦隊の前へと出すぎてしまったのだ。

その付近に、日本のイージス艦隊がいることは把握していた。だが、日本の戦闘機がここまで突っ込んでくることはないし、イージス艦が艦対空ミサイルを撃ってくることもないという確信があったため、油断してしまった。

そもそもイージス艦のミサイルの射程圏内に入るべきではなかったし、レーダー波が届くところまで接近すべきでもなかった。結果、イージス艦

が発射した強力なレーダーの収束ビームをくらい、システムが吹き飛んでしまったのだ。ありとあらゆる半導体製品が焼き切れて、機内で火花を散らした。火災にならなかったのは奇跡だ。もしそのまま火事になっていたら、空母に着艦する暇もなく、キャビンは炎に包まれていただろう。

幸い、最低限の操縦システムは無事だったので、空母への着艦は諦め、一目散に陸上基地へと逃げ帰った。

機体のシステムを開発した浩菲《ハオフェイ》中佐は、着陸すると休むことなく行動した。あちこち電話をかけ、必要な手立てを打つ。

これは戦争なのだ。たかだか機体のシステムを焼かれたからと、落ち込んでいる暇は無かった。

陽が昇ると、彼女のエンジニア仲間であり頼もしい後輩でもある鍾桂蘭《チォンクイラン》少佐が指揮するY－9X型哨戒機も戻ってきた。

こちらも開発中の機体だ。二人ともそれなりの戦果を上げてはいたが、まだ満足できる結果は出してはいない。空警機はステルス戦闘機を発見していなかったし、哨戒機は日本の潜水艦を発見するのに手こずっていた。

ハンガー前のエプロンに哨戒機を止めると、鍾少佐が機体から駆け下りてきた。そして「機体自体は無傷ですね」と感心したように言った。

この時、浩は機体の前に出したテーブルの椅子に座り、頬杖を突いていた。

「ミサイルをくらったわけじゃないから、外側は無事よね。皮膚は無傷だけど、内臓はぐちゃぐちゃって感じかしら」

「EMP攻撃とは、違うんですよね」

「似て非なるものよ。警戒すべきだった。どうせ日本はわれわれを攻撃することはないだろうからと、イージス艦に近づきすぎた……」

「じゃあ、この機体でも似たような攻撃ができますか」

「フェイズド・アレイだからできるわよ。でもイージス艦のレーダーとは出力が全然違うから、この機体で潰せるのは、せいぜい軍用輸送機の気象レーダーくらいじゃないかしら。そのうち試してみるけど」

「機内で台湾のラジオを聞いていたら、米軍が嘉手納を攻撃された報復として、東沙島をミサイル攻撃したと言っていますが、これは事実ですか」

「ええ、その通り。それも、えげつない手口だったそうよ。別にステルス巡航ミサイルを使ったわけじゃない。JASSM－ERとかじゃなくて、レーダーに映る既存の巡航ミサイルだったそうなの。島に持ち込まれた防空レーダーがミサイルを捕捉した時には、手遅れだった。現場海域は中華イージス艦二隻に、当然戦闘機部隊も上空を守っていた。どこからか現れた、何者かの電子妨害をくらいレーダーはブラックアウト。為す術も無かった。聞いたところでは、そもそもその電子妨害を仕掛けてきた相手が何なのかもわからなかったそうよ。B－52爆撃機かグラウラーか、それとも何かのドローンなのかも。東沙島を守っていた陸軍部隊は壊滅した。さすがに島を放棄するなんてことはしないでしょうけれど、しばらく陸兵は置けないでしょうね」

「やりますね、米軍も」

「そりゃまあ、あちらは戦争にかんしては、大ベテランだものね。自分たちはたいした技術を使わずとも、この程度のことは朝飯前だと自慢したかったんでしょう。北京は、震え上がったでしょうね。嘉手納に弾道弾を撃ち込むなんて、いったいどこのバカが思いついたことなんだか。……米軍を遠ざけてやり抜くのが、この作戦の最低限必要な要素なのに。早々に挑発してしまうなんて、本当にバカよねぇ、上の連中って」

「あの、それで、この機体はどうするんですか」

浩中佐は「あら、嫌だ」と後輩の顔を見た。

「私、落ち込んでいるように見える?」

「ええ、事実として落ち込んでいるじゃないですか」

「いいえ、自分のふがいなさを呪ってはいるけれど。あなたの機体は、予備機はあるの」

「ええ。同時並行で開発している機体が二機あります。ただ、今の機体の完成度を八〇パーセントだとすると、その二機はせいぜい四〇パーセントですけどね。飛べはしますが、あるべきセンサー類がまだついていないものもあって」

「私の予備機はまだ三機あります。うちの軍隊のよくないところというのが、テストベッドが試験を終える前に量産機体の製造にかかるところなのよね。それで失敗して四、五機の量産で終わった機体が山ほどある」

「それって、哨戒機の話ですよね。私は自分の機体がそうならないことを祈ってますけど」

「脱線したけど、私が攻撃をくらった後、半導体が焼ける臭いを嗅ぎながら何を考えていたかというと、この機体の無事なシステムを予備機に載せ替えるか、それとも予備機からパーツを取ってきて、焼かれたユニットと入れ替えるかのどちらが速いか。それをあれこれ考えていました。操縦系統は割と無事らしいから、予備機のユニットをこっちに載せ替え、ソフトウェアを更新した方が確実だろうという結論に至り、今調達中です。なんとか一日、いいえ、半日でやってのけたいわね。一晩で復旧し、また日本の前に飛んでいきたい。解放軍は、デュアル・バンド・レーダー機を他にもまだ持っていたのかと、驚かせてやりたいの」

「でも先輩、物は考えようです。この機体が攻撃を受けてレーダーが止まるまで、日本のステルス戦闘機は姿を現さなかった。日本側は、この空警機をそれだけ脅威だと認識していたということでしょう。それは喜ぶべきことでは？」

「そうね、それは言えると思う。おかげで、ステルスが殴り込みをかけてきた途端、こちらの戦闘機がバタバタと墜された。……信じられる？　一瞬で形勢逆転したのよ。正面に米空軍のゴールデン・イーグルの大編隊が現れ、交戦するしかないと編隊長が腹を括った瞬間、真横からステルス戦闘機が突っ込んできて一斉にミサイルを撃つんだから。回避行動をとったら、今度はアメリカの戦闘機が横や背後から撃ちまくってきた。一瞬で、一個飛行隊が潰滅した。油断させておいて、すぐひっくり返された。信じられないような高等戦術よ。われわれが彼らと空で戦うのは、一〇年早いのかもしれない」

「われわれの技術が、その差を埋めますよ」

中佐は少し笑ってみせた。

「変よね。昨日は半泣きのあなたを、私が慰めたのに。それで、そちらはどうなの？」

「ええ。尖閣のかなり手前でいくつかテストしてみました。味方の潜水艦を相手に。ただ、昨日は条件が良くなかった。あの時化《しけ》では……。希望はあります。時化の中でもＬｉＤＡＲを使えるよう、少しずつプログラムを弄《いじ》ってますから。あと一週間もらえれば、確実に使える技術になるんですけどね。とりわけ沿岸部の浅い海域で」

「一週間か。その頃には、予定なら解放軍が台北市をパレードしているのよね。どう考えても無理そうだけど」

予備機が着陸してくる。早期警戒機自体は大型で、長時間飛べる空軍の早期警戒管制指揮機もいた。

しばらくは彼らに頑張ってもらうとして、日本側は同じ空域にいたそちらではなく、より小型で航続距離も短い艦載機を的にしてきたのだ。

それが事実だ。軍は、艦載型の早期警戒機の重要さをよく理解していなかった。そのため、開発は地上機の後回しにされた。

だが敵はそうではなかった。どれが本物の脅威かを正しく評価していたということだ。だからこそ、自分の機体を攻撃してきたのだ。

これで軍の評価も少しは変わると、浩中佐は確信していた。

それがこの災難で、唯一前向きに評価できることだった。

魚釣島の指揮所が完全に立ち上がると、土門は台湾軍の連絡員を招待した。

現在、小雨が降り続いていて、標高三六二メートルの奈良原岳の七合目辺りから上は雲に包まれていた。つまり、ドローンは偵察用だろうが攻撃用だろうがこの雲の下を飛ぶしかないということだ。対ドローン兵器もいろいろ持ってきたが、敵も似たような状況だろう。条件は敵味方同じだと思うしかなかった。

今はスキャン・イーグル無人機を二機飛ばしていた。一機には島の南側斜面を、もう一機には北側斜面を監視させていた。それは、沖縄本島のどこかの演習場に展開しているはずの訓練小隊のコントロール・ユニットから操縦されていた。ここからでも運用は可能だが、基本的には沖縄本島から飛来し、二四時間監視飛行を行ったら次の機体と交替して引き揚げていくのだ。

ただ、このスキャン・イーグルはステルスではない。歩兵が持ち歩いて組み立てて飛ばせるぐらい小さいため、レーダーやセンサーで捕捉しづらいというだけだ。もちろん戦闘機のミサイルでも撃墜は可能だが、それは費用対効果が釣り合わなかった。そもそも、中国軍の戦闘機は、今はここまで接近できる状況ではなかった。

スキャン・イーグルは、雲の下を出たり入ったりしながら島の様子を探っていた。

しかし、敵の主力が布陣しているだろう島の東端には近づかないことにしていた。敵がどんな対ドローン兵器を持っているかわからなかったからだ。

天候が回復すれば、地上の様子は、偵察衛星からでも覗ける。焦る必要は無かった。

土門は、指揮所に招いた台湾軍海兵隊の呉金福《ウージンフー》少佐にコーヒーを振る舞いながら、東沙島の地図を挟み、解放軍が上陸してからの動きなどを詳細にヒアリングした。

食事の提供もできたのだが、潜水艦の中でフルコースの料理を振る舞われたので、少佐はあと三日は飲まず食わずで大丈夫だと笑った。

少佐曰く、敵が東沙島に上陸してすぐは乱暴な奴らだと憤慨したが、迫撃砲攻撃で痛い目にあわせてからは、彼らの作戦は慎重となり、さらにドローンを使ってこちらに食事を差し入れるまでになっていたそうだ。

また、島からの味方二個中隊規模の脱出命令には半信半疑だったが、日本の協力で大成功した。あれで自分たちの作戦は終わりだと思ったが、成功に気をよくした総統府が潜水艦を借りると無茶を言い出し、事実上乗っ取ったことについては、台湾軍人としては恥だと考えていると言った。

話を聞いている最中に、米軍による東沙島攻撃の一報が台湾のラジオから流れてきた。

「あの島は小さい。われわれみたいに林に逃げ込んだわけでもないでしょうから、おそらく全滅したでしょう。助かった兵士がいればいいが……」

「このラジオだけど、中国は電波妨害とかしないの」

「短波はまだやっているはずです。ただ、どこの国も経費削減で、北京語の短波放送を縮小したりして、あまり意味が無くなった。もともと台湾の放送は、たとえ沿岸部に聞こえていても、最近は反大陸の内容を薄めていますからね。妨害するだけの理由がない。インターネットを五毛党《ウーマオタン》で取り締まっても、民衆は抜け道を探します。戦況がより大陸にとって不利となれば、こういう中波ラジオにも妨害をしかけてくるでしょうが、タイミングを逸したと言える。何しろ今から電波妨害を仕掛けるということは、解放軍が劣勢に陥ったことをわざわざ人民に告知するようなものですからね。それでいて情報はネットに必ず流れるし。ただ、大陸の人民は、それを知らないふりをするだけです。しかし、アメリカも頭が良いというか、やりますね」

「ああ、全くだ。全く、えげつない奴らだ。東沙島を攻撃すれば、その事実で台湾に恩を売れる。一方で、今更東沙島を更地にしたところで、尖閣奪取、台湾本島陥落を狙う中国にとっては痛くも痒くもない。兵隊が死んで、面子に泥を塗られたというだけのことだ。本当にずる賢い攻撃だ。まあ、猿芝居《さるしばい》だな。嘉手納への弾道弾攻撃も大げさな芝居なら、東沙島攻撃もアメリカ側の芝居だ」

「同感です。あんな島を攻撃するなら、それを守っている海軍の艦艇を残らず沈めてほしいというのが総統府の本音でしょう。しかし表向きには、米政府に感謝を表明するしかない。同盟国としてのアメリカを持ち上げるしかないのです。これでは、日本の戦略的忍耐を批判できない」

ここで、自分たちの指揮所に引き揚げるという呉少佐を見送り、土門も海岸線へと降りた。

彼らが立ち上げた囮用の指揮所がある。バッテリーの充電所も兼ねているようで、台湾軍や民間軍事会社の隊員が何名か固まっていた。

その中の一人、空挺出身の男から小声で「暇があったら軽装甲車を覗いてください。木暮さんが寝てますから」と告げられた。

アパッチ・ガーディアンのカムフラージュネットを横切って歩くと、正直、軽装甲機動車がどこに隠してあるのかわからない。それほど完璧に偽装してあった。

小枝を除けネットをくぐると、ジャッカルこと木暮龍慈《りゅうじ》元一曹が地面に置いたコンテナの上に足を載せ、後部座席で横になっていた。

「木暮さん、起こして申し訳無いんだが」と、土門はブーツを揺すった。

「いえ、大丈夫です。三時間は寝ました」

木暮はすぐに上半身を起こした。土門はこの三時間の間に起こった事を説明しながら、助手席に乗り込んだ。

フロント・ガラスの前は何も見えない。車体の上にも枝がかけられ、もちろんネットの上も草木で覆われている。つまり、外からも車内は見えないということだ。

「すみません。わざわざ足を運んでもらって。もっと早く話したかったのですが」

「いや、木暮さんの余所余所しい態度で、状況は察しましたよ」

「ええ、われわれがムラを作っていると副隊長から釘を刺されましてね。注意はしているんですが、外からみれば、どうしても煙たい行為の一つや二つはあるでしょうから」

「赤石三佐、だっけ？　私は全然知らないんだけど、どうなの」

「ええ。彼は一瞬も気が休まることのない中間管理職ってところですかね。やり手だが時々無茶をやらかす事業本部長と、現場の間に入って苦労しています。上にはゴマをすらなきゃならないし、不平が溜まる部下たちも纏めなきゃならないしで」

「ああ、ここに降りてくるなり、次の便で西銘を追放するか自分を乗せろと言ってきた。負傷者を射殺したんだって？」

「はい。自分はその現場にいました。攻撃を受けて撤収してくる赤石さんの増援として、西銘隊長と向かっている途中に出くわして。でも敵はすぐ真後ろに迫っていた。正直、西銘さんから負傷者の処置を尋ねられたら困ってましたよ。あの人は誰にも相談せずに自分で決断して引き金を引いた。残念ですが正しい判断でした。あそこで上級士官が腹を立てるのはおかしい」

「ここへの派遣には無理があったと思うか」

「うちはほら、もともと潰しがきかない特殊部隊隊員の受け皿として発足したでしょう。業務は、途上国での警備支援やPKO任務の後始末を想定していた。あるいは途上国兵士の訓練とか。フィリピンやハワイで軍事訓練もするが、正規軍の足止めとか、そういう状況を想定したことはありません。せいぜいゲリラ対処が精一杯だ。装備もまだまだ貧弱で、昨日もせめてスモーク・グレネードがあれば時間稼ぎができたんですが。迫撃弾をドローンがピンポイントで落としてくるなんて想定外だった」

「台湾軍海兵隊のフロッグマンが潜入して、狙撃してその敵の操縦士を撃ったという話だが、遭遇したのか」

「いいえ。ただ、それは事実です。あの後、ドローンの迫撃弾攻撃はぴたりと止みましたから。自分がその潜入兵でも、出てはこないでしょう。西銘さんは最初、その台湾兵を探し出して始末しろと躍起になってましたがね」

「だろうな」と、土門は苦々しく舌打ちした。

「あいつは、そういう男なんだよ。愛国心が絡むと、途端に頭に血が上って判断力を失う」

「でも、適任だと判断した会社にミスは無かった。土門さんが来なければ、われわれはここで最後の一兵まで戦い時間稼ぎするしかなかったんです。そういう状況には、ああいう過激な人が適任でしょう。隊員が怖じ気づいたら平気で銃殺するような強面《こわもて》が必要だったんです。昨日まではね。その姿を見せない潜入兵なのですが、もし出てきたら謝っておいてください。われわれが必死で探していたことを、気づかないはずはないと思うので」

「ああ。だが、やはり積極的には出てこないだろうな。昨夜上陸した海兵隊も直接は接触できないとぼやいたが、あれも事実だろう。いざわれわれが全滅するようなことになったら、それを見届けて本国に報告することになっていると思う。装備のことは補給次第だが、うちだけで何とか片づくようにするよ。台湾軍のサポートはありがたいが、それを理由に居座られるのも困るしね。なるべく彼らに活躍の場は与えたくない」

「でも、賢い敵です。前日に上陸した連中は、すぐ前進してきたが、今回は二個中隊規模は確実にあるのに、威力偵察すら出していない。もし明るいうちに決着をつける気があれば、とっくに攻めてきているはずなのに、それがないのは急いでいないということです」

「自分が尖閣作戦の指揮を任されているなら、上陸で一日二日は稼げると判断する。なぜ前進しないかと問われたら、制空権が無いからだと応じ、戦闘機部隊に呼応しての作戦を求める。兵の損耗を防いで攻略するには、それが最優先だ。昨日は米空軍も出たらしいから、あちらも出方を探っている状況だろうな。嘉手納と東沙島を突つき合って、米中としてはいったん矛先を収めるか、それともこのままフルで戦争をおっぱじめるか。……後者はないな。おそらく、しばらくはこれで両者は落ち着くだろう。空軍は、嘉手納の滑走路修復を言い訳にできる」

「ということは、こちらは見せかけでいいから、戦闘ヘリなり攻撃機なりを飛ばすことですよね？　爆弾を何発か落として脅せば、敵はそのまま引きこもってくれるかもしれない」

「それはいいね。何しろ、うちは戦略的忍耐がモットーだ。……はあ」

ここで土門はため息を漏らし、少しの間、黙り込んだ。

「うんざりしてます？」

「ああ、うんざりしてるよ。この言葉、この二四時間だけで二〇回くらいは使ったような気がする。戦略的忍耐、戦略的忍耐……、ただの敗北主義だ。アメリカが出てきて中国を下がらせるでもしない限りは、自衛隊は全面参戦を避けられない。日台軍事協定なんて話も出ていてさ。中国市場を失う覚悟で、台湾と一蓮托生《いちれんたくしょう》になってもいいものか。私は政治的な見解はもたないんだけどね。でもそれで自衛官が何万人も戦死して、自衛隊がもっている戦力の半分を喪失するとしたら、何が起こると思う？　背後から、韓国軍が対馬《つしま》に上陸してくる。そんな笑えない事態が起こりかねない。その対地攻撃、提案してみよう。敵が立て籠もる理由になるなら、ちょっと突く程度なら上も了解するだろう。中国の出方も読める」

「それはいいですが、もし中国側が制空権を奪いにきたら、空自は支えきれるんでしょうか」

「無理だと空自が判断するなら、この話は立ち消えだな。守り切れる自信があるならやってくれるだろう。どうしても必要があったら、台湾軍の戦闘ヘリでロケット弾を叩き込んでもらうさ」

「もし制空権を奪われたら、逆に全滅するのはわれわれですからね」

「わかっている。でもまあ、日本がこの辺りの制空権を失うという事態は、もう白旗を掲げるしかないってことだよね。それを是認するほど、空自さんは腰抜けではないだろう。暇つぶしに山羊を潰して過ごすために、ぜひやってもらいたいものだ。さて、何かあったら遠慮無く無線をください。西銘みたいな男の出番が二度とこないようにするのが、私の仕事だから」

「了解です。あと、何か味がある食い物があったら少し分けてほしいのですが。みんな貧相なエナジーバーにうんざりしている。羊肉の燻製《くんせい》は悪くはないのですがね」

「届けさせます」

土門は軽装甲機動車を降りると、そっとドアを閉めて、忍び足でその場を後にした。

周囲には、かつてサイレント・コアに在籍し、故障などで部隊を去った者も見かけたが、声はかけづらい雰囲気だった。

西銘元二佐とは昨夜の上陸以来会っていないが、何かあれば向こうからくるのが筋だ。

用は無いということだろうと土門は理解した。

チェストこと福留弾《ふくとめだん》一曹が率いる一個分隊は、魚釣島の鞍部に差し掛かっていた。鞍部と言っても、その東西のピークよりは低いから地形的に鞍部として存在するだけで、高さは二五〇メートルある。

魚釣島はピーナッツを横に置いたような島で、東西に長い。その造山運動は、稜線から北側はやなだらかだが、南側は急峻な崖を作っていた。稜線から北側へ滑落してもどこかで止まるが、南側へ滑落したら海岸まで止めるものはない。

南斜面も植生はあるにはあったが、人間がその植生を利用して隠れて移動できるような地形ではなかった。滑落してバラバラになった山羊の骨を、海岸上に上から見下ろすこともできた。

この島では、北側斜面の灌木《かんぼく》地帯を移動するか、稜線上を移動するかしかないのだ。なだらかな北斜面と言っても、ほとんどは四〇度から四五度の傾斜がある。これがハイキングコースにあったとしたら「登山不適、ルートは取れず」と判断される斜面だ。

その鞍部の斜面でも、南側は五〇度を超える。鞍部の北側は、島で一番なだらかな地形をもつが、それでも所々三〇度近い傾斜だ。ここで農耕を考えたら、棚田《たなだ》を作るしかないだろう。

ハイキングはもとより、歩兵が戦争できる地形では無かった。アイガーこと吾妻大樹三曹がトップをとって登っていた。全員がポンチョの上からギリースーツを身に纏い、稜線よりやや北側の斜面を移動した。本当は北側斜面を僅かに下がったルートを取りたかったが、あまりにも危険だったのだ。

目指すは、東側ピークの屏風岳三二〇メートル。このピーク付近に偽装アンテナを設置することが目的だ。ドローンの誘導と、敵が飛ばすドローンの妨害にも使うアンテナである。その作業を終えたら鞍部まで戻ってきて、藪の中に潜む作戦だった。

だが、ここから先は明らかに敵の勢力圏内だ。交戦を前提に移動しなければならない。仮に敵兵はいなくとも、ドローンは上がっているはず。その前提で動くしかなかった。

幸い、移動に有利な条件があった。天気が悪いため、山頂付近は靄《もや》が張っている。これなら視程は五〇メートルがいいところで、当然空は見えない。つまりドローンからも目隠しされるということだ。この雲が晴れる前に作業を終えたかった。

日の出直後、一瞬だが、南北の水平線を確認できた。高度三〇〇メートル付近からの確認なので、理論上、水平線は六〇キロ向こうに見えるはずだったが、洋上に浮かんでいる船舶はいなかった。

海上保安庁の巡視船も、護衛艦のマストも見えなかった。空気が澄んでいれば、ぎりぎり魚釣島南方海域に展開する護衛隊群の護衛艦のマストくらい見える高さではあったが、白波が立っている。水平線上に見えるはずのものを探すのは困難だった。

北側の海は、それでも賑やかだった。洋上で撃破された中国海軍のミサイル艇が舳先だけ浮き沈みしながら流れていく。油の帯も幾筋も見えた。だがこちらも、中国海軍の艦艇は確認できなかった。

アイガーは、クライマーとしてこの日に備えてきた。日々、新しい偵察写真を要求し、地形を把握して今日に備えたのだ。

地図無しでも、自分が今どこを歩いているのか精確に把握していた。

アイガーが先行し、そのあとには二人ひと組のバディで前進する。部隊の中央には狙撃チームを配置し、福留がその背後に、さらに後ろにはアンテナやバッテリーなどの装備を担ぐ体力自慢の隊員が続いた。

しばらく隊列が止まっていた。前方からハンドシグナルが中継されてきたので、福留はゆっくり前へ前へと出た。その間全員が、姿勢を低くし、警戒姿勢をとった。

最前列まで出ると、アイガーが足下を指さした。

降り続いた雨でだいぶ崩れてはいたが、何かが滑った後だ。粘土層がむき出しになっている。

「見慣れた解放軍兵士のブーツじゃないな。このギザギザした跡は、台湾軍海兵隊のブーツだな。ここで少し滑ったんだろう。二日くらい経っているか。どこに向かおうとしていたんだ」

「方角としては、下ですね。でも変だ。ここはいくら鞍部とはいっても、降りるに適した場所じゃない。わざわざ誰も降りないような場所を下ろうとしている」

「ということは、この近くに潜伏場所をキープしているということだな。見当はつくか？」

アイガーは、左腕に装着した七インチ画面のタブレット端末のモニターに、手書きの地図を表示させた。自分で描いた、魚釣島の地図だ。

等高線や自ら編み出した地形記号をびっしり書き込んでいた。

「三〇メートルほど下った場所が、少し盛り上がっていますね。岩場がある。監視用の塒《ねぐら》を作るとしたらその下か、もしくはもう少し上でしょう」

「よし、帰りに調べてみよう。われわれが利用できるかもしれん」

福留は、右手を挙げてハンドシグナルを作ると、出発を命じた。

第三章　魔性の女

喜多川《きたがわ》・キャサリン・瑛子二佐を乗せたＵＡ機は、雨模様の成田空港に着陸した。着陸案内が流れる寸前に、ジーンズから航空自衛隊の制服に着替えた。

ボーディングデッキのブリッジが接続すると、喜多川が一番先に降ろされた。ファースト・クラスで世話をしてくれた黒人のチーフ・パーサーが短く敬礼し、「奴らのケツを蹴飛ばしてやれ」と耳打ちした。空軍の出身らしい。

彼女は「もちろんよ《シュア》！」と応じて外に出た。ブリッジの途中で飛行服姿の陸上自衛官が待っていた。荷物は後でエアラインに送らせるとのことだった。そこから非常階段を降りて地上に出ると、航空局のワゴンが待っていた。沖合に陸上自衛隊のＵＨ－１Ｊ汎用ヘリが止まり、ローターを回していた。大げさなと思った。

成田《なりた》からアメリカ空軍横田《よこた》基地まで一直線に飛んだ。航空自衛隊の総隊司令部は、今は横田の米軍基地に同居している。同盟の一体化——同居といえば聞こえはいいが、これでは属国化ではないかと喜多川は思っていた。

自分は、横田で生まれ育った。ここが故郷だ。アメリカン・スクールに通い、帰国子女枠で良い大学にも入れた。だが、この街を空から見下ろす機会はほとんどなかった。

総隊司令部はてんやわんやの状況だったが、彼女が戻ったことに気付いた者は、皆、好奇の眼差しを送ってきた。

航空自衛隊の事実上のナンバー2である総隊司令官の居室に出頭すると、司令官の丸山琢己《まるやまたくみ》空将は「五分くれ、ドアは開けたままだ――」と言って、副官らを外に出した。外はまだ、廊下まで騒然としている。

「今、たまたま時間があった。君が太平洋上にいる間、中国から弾道弾攻撃があってな。知っての通り、弾道ミサイル防衛《BMD》はイージス艦を含めてうちが指揮する。昨日は昨日で、地獄の一日だった。君は、睡眠はとったかね？」

「はい。大使館の配慮で、エアラインがファースト・クラスにアップグレードしてくれました。あの、武官に命じられてからの三日間はＤＣの自宅で待機したのに、結局、大使館に出頭することもなく帰国便に乗せられました。事情はそっちで聞いてくれの一点張りでしたが……」

「ああ、その件か。くだらん話だ」

丸山は、ため息を漏らして続けた。

「この地位まで出世すると、どうしてこんな些事まで自分がかかわる必要があるのか、というような些細な情報まで耳に入り、対応を求められる。こういう状況になって、ワシントンの大使館で駐在武官の応援が必要だということになり、全米に散っていた隊員を集結させようということになった。中でも、君はもともとＤＣにいたし、ネイティブの英語を喋るから即戦力となるはずだった。ところが霞《かすみ》が関《せき》村のコップの中の争いに巻き込まれた。外務省から、対米交渉は外務省の専権事項であり、軍人ごときが出しゃばるなと言ってきたんだ。本当に、くだらん話だな。それでやむなく帰国してもらうことになった。ミッチェル研究所はどうだった？」

「はい。得がたい経験でした。私の容姿を気にする人もいませんでしたし」

喜多川は身長一七五センチで、明らかに白人とのハーフだとわかる容貌をしていた。

丸山はここで、またため息を漏らした。

「……上官として言いたいことがないわけではないが、それを口にするとやれパワハラだセクハラだという時代だ。私としてはこの国難時に、君にベストを尽くして仕事をしてもらいたいだけだ。二年前の、レッド・フラッグ演習を覚えているか？　君が、よく言えば優雅な海外留学、悪く言えばやっかい払いされた原因になった演習だ」

「今でも、自分が正しかったという判断を変えるつもりはありません」

「それはわかっている。戦争は勝たなければ意味がない。たとえ味方を犠牲にしてもな。今は、君の戦略、戦術のセンスが必要だ。ただちに総隊司令部のタスク・チームに加わってもらう。状況は後で聞いてもらうとして、陸幕から少しやっかいな要請が届いた。解放軍が上陸した魚釣島を、敵が潰滅しない程度に少し突いてみてほしいと。敵上陸部隊は、制空権が得られなければ島の制圧は難しいと立て籠もる戦略をとるだろうという読みらしい。どう思う？」

「なるほど。しかし、その話には続きがありますよね。上陸部隊がそんな立て籠もり戦術に出なくとも、解放軍は報復として反対側にいる陸自部隊を攻撃してくるでしょう。空軍戦力で」

「島に陸自部隊がいることは、一応、機密だがそれはいい。しかし政府は、これで時間稼ぎをするようだ。時間稼ぎというか、国民の関心がそちらへ向かわないように工作している」

丸山は、リモコンでテレビを点けた。

ＮＨＫが、東京湾に入った豪華客船を空撮していた。ライブ映像だ。船はすでに横浜港沖に達し、速度を落としつつもベイブリッジの沖合をぐるぐると回っているようだ。

この客船はテロリストがばらまいたＭＥＲＳウイルスに汚染され、港への接岸は許可されていなかった。

「政府は、ＮＨＫや民放幹部に働きかけて、尖閣を含む、東シナ海情勢の報道を控えるよう要請している。お前らは国民を煽り戦争を起こしたいのかとな。そのため民放もＮＨＫも、当たりさわりのない客船のシー・ジャック事件を生中継しているんだ」

「なるほど。戦略的忍耐、というやつですね。港に強行接岸はしないのですか」

「それがな、テロリスト側と政府の間に奇妙な利害の一致が成立しているらしい。いったん客船が接岸したら、若くて元気のある乗員、乗客が船から海に飛び込んで逃げ出すだろう。われわれとしては、それを助けないわけにはいかない。だが感染しているおそれがあるため、できれば船内に留まってほしい。逆にテロリスト側としては、人質を減らしたくはない。特に若い乗組員とかはな。世界中から乗り込んでいるから、各国の耳目を集められる。それに護岸に接岸すると、こちらの制圧作戦もやりやすくなる。だから、時々護岸からも撮影できる距離には近づくが、ぎりぎり入港はしないらしい」

丸山はここでテレビを消した。

「それでだ、解放軍が島に上陸してることももちろん機密事項だ。なぜ君が知っているかは問わない。ネットではすでにそういう情報が、まことしやかに出回っているようだがな。……陸自からは、

『航空自衛隊は今後とも制空権を維持できますよね』と言ってきやがった。われわれとしては、口が裂けてもできないとか、自信がないなんてことは言えない。だから、表向きには何の問題も無いことになっている。——昨日のドローン攻撃も耐えた。逆に、陸自の信頼を裏切るような出来事でもあったのかと、啖呵《たんか》を切ってやったよ」

「無謀というか、子供じみていますね。尖閣の制空権に固執するのは酷いバッド・アイディア、拙い判断です。戦力の温存が優先課題だと思いますが」

「貴重な意見をありがとう。島に陸上部隊がいるのに、制空権は維持できませんとは言えないぞ。戦力を温存しつつ、尖閣諸島の制空権を維持する」

「私が半年前送ったミッチェル研究所で書いたレポートがあります。尖閣諸島の制空権を巡り、二〇回のシミュレーションを行ったところ、勝てたのは嘉手納の米空軍の助けを借りた一度きりです」

「知っている。先ほど斜め読みをした。米空軍の協力がどの程度得られるかは不明だ。ここは横田だというのに、情けないことに米軍幹部の誰も返事ができない。君は無理だなどと言わず、結果を出してくれ。そういえば君はこの基地育ちだったと記憶しているが、お母様はまだこの辺りにお住まいかね」

「はい。福生《ふっさ》に住んでいます」

「では、宿舎の心配は無用だな。シャワーを浴びに帰る程度の時間はとれるだろう。副官というか、補佐をつけてやる。ウィッチを呼べ！」

　空将が外に向かってそう命じた。

「もし、君のことをあれこれ言う奴がいたら——」

「魔性の女、とか?」

空将は、勘弁してくれという顔で首を横に振った。

「そういうニュアンスのことを言う奴がいたら、直接私のところへこい。イーグル戦闘機の翼端に縛り付けて、硫黄島《いおう》に飛ばしてやる」

「新庄藍《しんじょうあい》一尉入ります!」

甲高い声がして、飛行服姿の士官が現れた。身長一六五センチはあり日本女性としては決して背が低い方ではなかったが、喜多川と横に並ぶとまるで親子のように見えた。

「われわれの世代のパイロットは、新庄一尉が生まれた時から知っている。父親が小月《おづき》の鬼教官でね、みんな泣かされながら鍛《きた》えられた。お元気かね?」

「はい。最近はボランティアで、大学のグライダー部の教官をしています」

「そろそろ孫の顔を見せろと煩いだろう。あの人は家庭に戻ると子煩悩《こぼんのう》な人だった。君は、F-35には乗らないのかね」

「はい。いずれはB型に乗りたいと思っていますが、まずはイーグルで空中戦を究めてからと」

「大いに結構。さて、彼女に経緯を教えてやってくれ。〝プロミネンス作戦〟の進捗度は?」

「六割ほどです。攻撃部隊は準備中で、あとは海自との調整が残るのみです。喜多川二佐にも参加していただくのですか?」

「もちろんだ。米留仕込みの戦術眼を発揮してもらうぞ。話は以上だ。繰り返すが、結果を出せ!できませんは禁句だ」

部屋を辞すると、すぐに新庄が「一緒に仕事ができて光栄です!」とはしゃいだように言った。

「あなたのTACネームって、〝魔女《ウィッチ》〟なの?」

「はい、気に入っています。失礼ながら、魔性の女とウィッチが組めば、最強ですよ。でも凄いですね。一般大出でパイロットでもなく、しかも女性として初めて米空軍大学に留学したんでしょう？」

「それは、防衛省がアメリカ軍のご機嫌取りのためにした特別扱いで、私が優秀だったからじゃない。その話はいずれね。その作戦だけど、別にハードルは高くないんでしょう」

「ええ。問題はその後です」

新庄はここで周囲を見まわしてから、小声で話した。

「最短、二日でうちの部隊は壊滅します。何度シミュレーションを繰り返しても、尖閣の制空権に執着すると四日で潰滅するんです。喜多川二佐のレポートにあった通りですよ。みんな青ざめています」

「なんで空幕は、こんなことを安請け合いしたのよ」

「空幕というか、これは総隊司令部の話でもないんですよね。今はほら、作戦立案はすべて統幕専管で、われわれは単なる実働部隊にすぎませんから。統幕出向組が引っ込みがつかなくなって、できると明言したんでしょう」

「統幕って、エリートの出世頭がいくんじゃなかったの」

「だからこそ、そういう人たちってできないとは言えないじゃないですか。そういうことなんだと思います」

「私、本当なら今頃その統幕にいたはずだったの。そこにいたら、そんなことといちいち空自に聞かなきゃできるできないの判断もできないのかと、蹴りを入れてやったわ」

「喜多川さんて、戦闘機パイロット向きの性格ですよね。どうしてパイロットにならなかったんですか?」

「……私の父は、空軍将校だったの。長いことこの横田にいて、父は日本人と結婚して私はここで生まれ育った。経理将校で、危険なことは一切無いということだった。私が大学に入った年、しばらく出張でイラクに行ったの。そういうことはたまにあったし、基地の外に出ることもないって、母も私もいつも通りに送り出した。でもある日、路肩爆弾にやられて、戦死したの。その後、父は経理将校じゃなくて、情報将校だとわかった。驚いたわ。戦死したことより、家族にまで本当のことを隠していたことにね。その後、アメリカ国籍をとる道もあったけれど、母は日本を離れたがらなかったし、情報の世界がどういうものかを知りたくて、母の旧姓を継いで、ぎりぎり私のファッション・センスで妥協できる空自の制服を選んで情報将校の道へと進んだ。だから、私に作戦立案させるのはお門違いよね。……それと、大きな声じゃ言えないけど、空自の基地って、どこも田舎《いなか》にあるでしょう。そういう場所では、私のようなハーフは目立つ。息苦しい暮らしになるのはわかりきっていた。諦めたというより、関心が無かったというのが正直な気持ちね。でも、パイロットのことは尊敬しているわよ。あなたがチャンスに恵まれることを祈っているわ。私が空軍大学に留学できたのは、防衛省の米軍へのおべっかね。戦死米兵の娘が立派な自衛官になることを、こうして見守っていますよという」

「そうだったんですか……。あと、あの、魔性の女というのは?」

喜多川は、歩きながら少しうんざりした顔を見せた。

「私、学生時代、ファッション雑誌のモデルをして学費から生活費まで稼いでいたの。たいして美人でもないのにね。でも日本人はハーフが好きじゃない？　だからハエ取り紙みたいに、男が寄ってきて……」

「はあ。一度は、そういう人生を送ってみたいです」

　看板も出ていない部屋の前に着くと、警務隊の隊員が立っていた。

　喜多川が窓のない部屋に入ると、全員の視線が凍りつくのが肌で感じられた。

　正直、こういう瞬間は嫌いではなかった。

　豪華客船〝ヘブン・オン・アース〟号（一三〇〇〇〇トン）は、その巨大で優美な船体を東京湾に進めていた。

　本来の予定と航路であれば、この客船は上海で一泊した後、神戸へ立ち寄り、三日後に横浜港に帰港。そこで乗客として乗っている太平洋相互協《CI》力信頼醸成措置会議《CPO》のメンバーが降りる手筈になっていた。

　CICPOのセミナー参加者らは、各国の軍や外交筋のOBや若手からなり、船旅を楽しみながらアジアが抱える諸問題にかんして、忌憚《きたん》のない意見を交換するという目的があった。ここには、韓国を除く太平洋沿岸部の各国が参加していた。

　主催は実質日米で、金を出していたのは日本政府だ。

　だが、出発地の中東ですでにテロリストが乗り込んでおり、彼らは寄港先の上海でバイオテロを目論んでいた。すんでのところで上海接岸は阻止したものの、一人が海から街に上陸し、ウイルスをばらまいた。

　船内でもこのウイルスは拡散され、日本側代表団の元海上幕僚長がすでに病死していた。

今も診療所の隣に専用病室が作られ、収容者が増えていく。

テロリスト側は、一度だけ日本側の医療支援を許可した。そこで、防衛医官二人と複数の看護師が、必要な機材と薬を持って乗り込んだ。

人民解放軍は闇夜の上海沖で制圧作戦を強行したが失敗し、その後は海上保安庁の特殊部隊が入港時に客船の制圧作戦を行うことになった。

しかし政府は、乗員乗客が海面に飛び込んで脱出することを懸念し、接岸は拒否。テロリスト側も、そこは利害の一致を見るかたちで、船は横浜港の沖合をただ回っていた。

コロナ禍の経験から、この手の客船も大きな改造を受けた。医務室は診療所へと格上げされ、船内でも最も便利な場所に設置し、いざとなれば隔離病棟を増やせるように改造されていた。

現在その病室は四部屋に増やされていた。もちろん、軽症者は自室待機だ。

この病室に収容された患者の半数は人工心肺装置が必要な状況に陥りつつあった。だがその数は限られており、看護師の数も足りず、その上のECMOも無かった。

そしてテロリストは、いかなる重症者の下船も許可しなかった。

客船のエンタメ部門のバイオリニストとして乗り込んでいた是枝飛雄馬《これえだひゅうま》は、ようやくプロオケの採用が決まっていた。だがその直後、コロナ禍が発生し、就職先は消えた。その後、友達からロードバイクをもらい受け飲食物配達人もやったが、割の良いバイト先があると、客船を紹介されたのだ。

そこで偶然、音大時代に想いを寄せていたビオラ奏者の浪川恵美子《なみかわえみこ》と再会し、明るい兆しを感じていたが、それは船が乗っ取られたことで暗転した。

彼女は真っ先に感染し重症者入りし、演奏会も開かれなくなった。そして是枝は、病室のボランティア・スタッフとして駆り出された。

割増しされた給与は出るということだが、感染のリスクが異様に高いことを考えると、かなりハードな任務に立ち向かう志願兵のようだ。

だが是枝には、この仕事が性に合っていた。患者に注射するなどの医療行為はできないが、文句ひとつ言わずに、指示された雑用を行った。汚物の片付けから、遺体の遺棄まで何でもだ。

つい先ほども、船尾デッキから亡くなったばかりのロシア人元外交官を水葬に付した。

水葬とは言っても、実際は軍隊用のボディ・バッグを二重にして浮きをつけ、スライダーを使って遺体を海面に滑らせる。それを後ろからついてきている海上保安庁のボートが回収し、冷凍コンテナを積んだ貨物船に移すのだが。

船内に遺体の収容場所はなく、かといって陸上に揚げるわけにもいかないからだ。

診療所デッキに引き揚げると、是枝はまず最後尾の風が通る解放空間で防護衣《タイベックスーツ》を交換した。

デッキを上下に移動する際には、必ず防護衣を脱着することを義務づけられているのだ。

靴を覆うカバー、ツナギの防護衣、二重のマスクにキャップ……。一つ一つ脱ぎ捨てるたび、青い医療用手袋をアルコール・スプレーで消毒する。ゴーグルだけは数が限られるので煮沸消毒を行い再利用するが、他は全て破棄する。

最後に、防護服に身を包んだ船員が手袋を脱がしてくれる。そして両手も消毒して、新しいものに付け替えるのだ。

今はちょうど客船が東へと針路をとっていて、真後ろに横浜のベイブリッジが見えていた。

日本に帰ってきたという実感は、まだ無かった。携帯が繋がるようになったのは嬉しかったが、溜まったメールをチェックし、SNSで心配してくれる友人らに、ひとまず「元気だ。生きている」とだけ返事をした。

母親には連絡しなかった。そもそも、客船に乗っていることすら報せてはいないのだ。

外はそれほど煩くはなかった。対空ミサイルで攻撃されるおそれがあるため、取材ヘリは半径七キロ以内には接近するなと命じられているらしい。時々、巡視船が視界に入るだけだ。

テレビは、衛星放送を自由に視聴できていた。BSのニュース番組では、七割がこの客船シー・ジャックを特集していた。何しろ絵が撮れるのは大きい。残り三割は、ロックダウンされた中国の状況と、台湾と中国との間に発生した小競り合いに割かれていた。テレビを見る限り、これに日本が巻き込まれることはなさそうだ。

海上自衛隊の哨戒機が中国の軍艦に一機撃墜され、乗組員が全員亡くなったようだが、中国政府は速やかに遺憾の意を表していた。それで終わりだろう。あとは、航空自衛隊の戦闘機が中国の無人機を撃墜したこともあったが——。

着替えを終えた是枝が、新しい防護衣で病室に顔を出すと、船医と自衛隊派遣の医師団がカーテンを開け放ち、ひとつのベッドを囲んで話し合っていた。

「率直に言って、私は感染症蔓延の阻止が専門であって、免疫学者でもウイルス学者でもない。こういう判断は、私には無理だね」

そう言ったのは、防衛医官の永瀬《ながせ》豊《ゆたか》二佐だ。腕組みしている彼が、数名のスタッフを連れて乗り込んできた代表だ。

同じく予備自衛官として急遽招集された三宅《みやけ》隆《たか》

敏《とし》三佐は、俯せにした患者の呼吸器を確認しながら「ICUでの治療なら、自分の専門ではあるが」と、こちらも判断を保留するかのような態度で言った。

「では、誰が判断するんですか?」と、船医の五《ご》藤彬《とうあきら》医師が聞いた。三宅は研究室での先輩に当たる。

五藤も、災難に遭った一人だ。この客船には、船医歴が長いブルガリア人のベテラン女医が乗り込んでいた。水虫からお産まで受け持つ、器用なドクターだ。

感染症学が専門の五藤は、船医としての仕事はほとんどなく、船旅を楽しみながら電話もメールも届かない場所で論文執筆に勤しめるという誘い文句に乗り乗船していた。だが、出現したウイルスには、専門家も無力だった。

「感染症の真に専門家で、ウイルス学も修めた五藤先生が一番適任なんじゃないの?」

永瀬が聞くと、五藤が首を振った。

「これ以上の措置は、もうここではできない。でも、彼女を降ろすことも許されない。きっと連中はこう言うでしょう。一人の若い日本人女性の死は痛ましいが、君らはウイグルで牢獄に繋がれている一〇〇万の民衆の境遇など気にも留めなかっただろう、と」

「……まだ使っていない薬は?」

「そもそも、特別な薬など使っていませんよ。このMERSウイルスに効く薬が知られていない以上、COVID‐19準拠の治療ですから」

「じゃあ、躊躇う理由はないと思うけどなぁ。いま使うしかない」と三宅が言う。

「COVID‐19でも、イベルメクチンが確実に効いたという論文はまだ出ていないんですよ。しかも、ここまで重症化した患者に使ったという症例も無い」

「では、これがMERS重症者に対する最初の治験ということになる。他に手が無い以上、それで死亡に至ったからと、誰もあなたを責めやしないさ。主治医は五藤先生だ。さあ、決断してくれ」

「せめて、患者家族の同意を得たいが」

五藤が、後ろに立つ是枝に向き直った。

「あの、どういう状況なんですか」と、是枝は五藤に聞いた。

「もう、打つ手が無くなった。人工呼吸器を使っている。肺は弱る一方だが、どんな薬が効くのかもわからない。最後に残ったのが、イベルメクチンという寄生虫用の薬だ。本来は経口薬だが、安全性は保障されていて――」

「先生は、効果が見込めると考えてるのですか」

「わからないんだ。COVID－19では、あるともないとも言えなかった。でも、機序はわかっている。効いても不思議ではない。確率で言えば、三割かそこらだろう」

「それを使ったからといって、悪化はしないんですね？」

「しないと思う。だが、別に希望がもてる薬というわけでもない」

「なら、使ってください。もし駄目だったら、僕が後日、遺族に説明します。彼女の母親の電話番号は聞いています。これまでに、電話しようかと思いましたが、外交官の方に止められました。家族には政府から連絡するということです。意識不明の重体だなんてことを、オブラートに包みながら説明することはできない。かと言って嘘も言えない。間に何人か入って伝言ゲーム化するうちに、感染の有無は聞いてないという話に落とすのが無難だろうという話で……」

「いかにも外交官的だな。わかった。じゃあ使ってみよう。もう、後は無いんだ。神に祈るしかない」

「連中は、本当は特効薬を持っているんじゃないのかね」と、永瀬医師が漏らした。

「それは無いです。乗組員の話では、風邪の症状が出ているテロリストが何人かいるそうです。ただ彼らは、ＢＣＧの東京株を打っているため、重篤《じゅうとく》化はしないと妙な自信をもっているのですが」

　五藤が処置を開始しながら言った。年齢を加味すれば、一番若い彼女が一番重体だ。しかも彼女は、この世代には珍しくＢＣＧ接種を受けていない。彼女が助かるかどうかが、この変異型の中東呼吸器症候群《ＭＥＲＳ》の凶悪度を計る一つの指標になると医師団は考えていた。

　一方の是枝は、もし彼女に何かあったら自爆ベストを着てブリッジに特攻してやると思った。襲撃に失敗して船内に取り残されている解放軍兵士から、手榴弾をもらい受けてだ。もし彼らがまた攻撃を仕掛けるなら、自分も参加を願い出るつもりだった。

　シンガポールに設けられたインターポール・反テロ調整室《ＲＴＣＮ》の幹部の面々は、シンガポールがわざわざ国際機関誘致のために建てたＲＴＣＮの立派なビルから、通り一本隔てた米大使館の一室に集っていた。この危機が始まってからずっとそこを居城としていた。

　ＲＴＣＮビルのインターネット回線が細くて使いものにならないからというのが表向きの理由だが、ＲＴＣＮビルには、至るところに盗聴器が仕掛けられていた。

　ＲＴＣＮを率いる中国人のＲＴＣＮ代表統括

官・許文龍《シュウェンロン》警視正にとっては、どうせ盗聴されるなら、敵の懐で仕事した方が手っ取り早いだろうという判断だった。それにこれは、危機への対応に際し、中国政府が一切の情報を隠蔽せずに西側に捜査状況まで公開しているというアリバイ証明にもなった。

最初は、RTCN理事国の米日韓の代表ではじまった捜査だが、途中からイギリス外務省対外情報部MI6の極東統括官も加わっていた。

この部屋に集うメンバーは、ここ数日はベッドで眠れていなかった。

彼らはそれなりの結果は出していた。すんでの所で客船の上海港接岸を食い止め、上海市内でのパンデミック発生を阻止できたと喜んだが、伏兵がいた。テロリストの一人が上陸して市内に潜み、清掃員の格好をしながら、上海駅でウイルスをばらまいていたのだ。

結果、彼らは今、奇妙な作業に没頭していた。警察庁から出向してきた柴田幸男《しばたゆきお》警視正の発案で、上海駅から高速鉄道で全国に散った旅行者の属性を追跡調査していた。

留学先のフランスで、日本人留学生から苗字をもじった〝ミスター・パーミッション〟とあだ名を付けられた許警視正は、最初、その作業に何の意味があるのかわからなかった。

旅行者の身元は、一人残らず割れていた。数万人の旅行者には、自宅待機が命じられていた。

すでに発症している感染者が何人もいたが、クラスター追跡は完璧にできていたのだ。ここシンガポールでできることはもう無いと思っていた。だが柴田は違った。彼はしきりに「この日、駅を利用した乗客の属性分析が必要だ」と訴えた。

彼らが〝顔無し〟と呼んで追いかけていたウイグル人男性は、清掃員の姿で、高速鉄道のホームへと降りるエスカレーターや階段の手すりに、ウイルスを吹きかけていた。

　右手に雑巾、左手にスプレーをもち、このスプレーの中身はアルコールなどではなく、MERSウイルスだったのだ。

　テロリストがこの駅にいたのは二日に満たなかったようだが、その二日間だけでも何万人もの雑多な人間が彼の前を通り過ぎていったのだ。許にとってはその事実だけで十分だった。

　翌日から、全国で感染者が出はじめた。悪いことに、テロリストは二種類の変異ウイルスを用意していたらしかった。発症が早いタイプと遅いタイプで、どちらも致死性が高い。COVID－19の二、三〇倍の致死性だと警告されていた。

　判明した旅行者の個人情報を北京から英訳して送らせたが、柴田は珍しく「これでは不十分だ」と突き返したのだ。住所氏名だけでなく、勤務先の名前、業種、住所が必要だと言った。北京に再要求したそれが、今ようやく届きはじめていた。

「……こんなもの、何の役に立つんだ？　たまたま通りかかった旅行者の個人情報だぞ」

「信じてください。われわれ日本警察は、過激派との戦いに半世紀以上の経験をもちます。あなたがた中国人が国内の不満分子との戦いをはじめたのは、天安門《てんあんもん》事件以降でしょう。七〇年代は爆弾テロ、東京の地下鉄では、とあるカルト集団がサリンを撒きました。まだ私が警官になる前のことです。一見、ただ混雑する駅を狙ったかのように見えたそれは、周到に、綿密に作戦を練られたものだった。国の役所が集中し、そこへ通勤する国家官僚を狙い、サリンが撒かれたのです。彼らには、われわれが易々とは気づかない、何かの狙いがあるはずなのです」

　柴田は、リストのデジタルデータを、自分のノートパソコンに表示させて観察していた。

「この＊《アステリスク》マークで伏せ字された勤務先は何ですか？」

「ああ、それは勤務先が軍の基地なり駐屯地ということだろう。だが軍人ではないから、出入り業者とかじゃないかな。ほら、右端に〝ＰＸ〟とあるから、これはアメリカ人が言うところのポスト・エクスチェンジ――基地内の酒保、売店業務だな」

「ざっと見たかぎり、ＰＸ勤務というのが何十人もいる。三〇人近くいますね……。ちょっと多くはないですか」

「まあ、大陸はそこら中に軍事基地があるからね。でも、そうだな。人口比で考えると、休暇旅行にしては少し多いかもしれない」

「……この、旗を持った人間に率いられた集団が多いですよね。みんな同じ赤色の旗です」

　同じく理事国メンバーの韓国人である朴机浩《パクボムホ》警視が、監視カメラの映像を見ながらそう指摘した。もう十回は見た映像だが、これまでは犯人に集中していた。今は乗客に注意を払っていた。

「団体旅行だな」と、許は眉をひそめて言った。

「私がソルボンヌに留学していた頃から、不景気になった日本人の地位を埋めるように海外でも増えはじめた。正直、みっともなくて恥ずかしかった。凱旋門《がいせんもん》前のあの大通りで行列を作り、大声で喋り、痰《たん》を吐くんだ。あの頃、レストランに予約する際は、自分は日本人だと名乗ったものだよ。この旅行代理店は上海の最大手で、地方からの団体旅行をさばいている。改札で待ち受けて市内観光をさせた後、改札まで見送るんだ。添乗員を高速鉄道や飛行機に乗せると、その分の経費がかさむからね。それが、最近の流行らしい。しかし、そう言われると、確かに変だな」

許も、自分のパソコンでその映像を早送りしながら首を傾げた。

「この程度の客なら、中堅の添乗員を一人つけておけば十分なのに、なぜか二人ついているツアーが多い。それもベテランそうなのが二人とか。……これは党機関や軍などの、失礼があってはまずい団体客への応対だが、そんなツアーの報告はないな。おかしい、少し調べさせよう。しかし、なんでこんなところに目をつけたんだ？」

許は柴田を見遣った。

「われわれ日本警察は、手作りの迫撃弾を撃ち込んでくる武装革命集団と、長年、血で血を洗う戦いを繰り広げてきたのです。その経験の中で得られた知識ですよ。中国の公安当局は、このデジタル時代に水溶液を使い指令をやりとりするような、反革命分子と戦ったことはないでしょう」

許は困惑した。

「柴田さん、われわれにはさっぱり理解できない。その革命集団とやらは、赤色テロを繰り返してきたわけだよね。プロレタリア独裁などと叫び、赤化革命を目指していた。中国共産党のエリート党員である私がこんなことを言うのも変だが、言論弾圧が無い日本で、いったいどんな教育を受ければ赤化革命を望むんだ？　いや、さすがにわれわれ中国人は本音ベースでも民主主義への幻想は捨てたけどね。さっぱりわからない。今更、ソヴィエトに憧れるのか」

「奴らは、自分たちの独裁国家を作りたいのですよ。別に、マルクスだのに関心があるわけではないのです。でも、毛沢東《もうたくとう》の闘争理論を熱心に研究している連中はいます。あまり、効果はないようだが」

「口を挟んで申し訳無いけど」

ここで上座で腕組みし、俯いて舟をこいでいた

RTCN次長のメアリー・キスリング女史がムクッと顔を上げた。黒人というハンディをものともせずに、FBIの出世の階段を昇りつつある女性だ。ここRTCNには、各国ともエース級の人材を送り込んでいた。

キスリング女史は、もちろん許の部下ではあるが、アメリカ大使館を間借りしていることへの敬意を表すという意味で上座に座っていた。

「どんなに国が分裂していようと、サイコな男が大統領になろうと、民主主義は共産主義よりマシよ」

「その質問を全世界に発した時、果たして何割の人間が頷くだろうね。われわれはサイコパスを国家主席にしたりはしないし、西側みたいなインフォデミックも起こさずにコロナ禍をかすり傷で乗り切った。私に言わせれば、民主主義というシステムは、進化し続けることによって暴走する。その暴走した民主主義に比べれば、優れた統治による共産主義の方が遥かにマシだ。共産主義がお嫌いなら、全体主義でも専政政治でもいい。その進化した民主主義は、中国人民の自由への渇望を潰えさせたことを、忘れるべきでないと思うね」

「そんなことはないわ――」

「では、SNSが何を生んだ？」

許は、キスリング女史を遮ってテーブルを少し拳で小突いた。

「ヘイトをまき散らし、つまらん失言で一瞬で世論が着火する。そして、タレントや政治家の生命を奪う。挙げ句、国も分断した。あれはまさに民主主義が内包する暴力そのものじゃないか。君らは、自由に憧れる中国人民の反面教師になっただけだよ」

キスリングは、何かを反論しかけて一瞬口を開き掛けて止めた。アメリカはそこまで病み、今も苦しんでいるのだ。いつかは正義が勝つにせよ、悪党が栄える瞬間もある。そう、表情が言っているように柴田には感じられた。

柴田自身は、日本が正しい側についていることを祈っていた。ここでは仲良くやっているが、日中は今戦争中なのだ。

一方、許は会話を終えると、上海との回線を繋いでテレビ会議の用意をするよう、外で待つ部下に命じた。

本国はアメリカ大使館内の回線と接続されることを嫌がったが、上海の繋ぐ先は、警察施設とはいえセーフハウスだ。いざとなれば施設ごと閉鎖すれば済むと口説いた。

優先することは、そこで働いている優秀な連中を動かすことだ。


海上自衛隊・第一航空群・鹿屋《かのや》基地――。

基地内に入った後、いったん消えた救急車のサイレンの音が再び鳴りはじめた。そして遠ざかっていく。

夜明け前にも一台呼んだが、救急車はサイレンを回さず基地を出ていった。定年目前のベテラン下士官が、朝ハンガーの隅で倒れているのに同僚が気づいた時には、すでに息はしていなかった。

検視解剖はまだだが、おそらく心筋梗塞だろうという診断だ。

今日、三台目の救急車が出ていく所だった。

開け放された司令室のドアを副官がノックし「救急車基地を出ました。軽い脱水症状と貧血だろうという診断です。一応、精密検査に病院送りだそうです」と報告した。

今は、市内の医師会の協力を得て、医師が基地内に待機していた。精神科医にも入ってもらい、隊員のカウンセリングにも当たっている。

「ちゃんと休ませろ。水分補給はもとより、医者がいるんだから睡眠導入剤の処方箋でも書かせて、最低四時間は寝るようにしろ。全国の基地から応援が入って、七〇歳過ぎのOBまで借り出しているんだぞ。現役隊員が倒れてどうする……」

　第一航空群司令の河畑由孝《かわはたゆたか》海将補が、衛生隊員が左腕に巻いた血圧計のベルトを外すのを待たずに立ち上がり「正常だろ?」と応じた。

　衛生隊員が出て行くと、代わって第一航空隊司令の伊勢崎将《いせざきたもつ》一佐が入ってきた。

「閉めた方がいいですか」と、伊勢崎はドアの方を振り返ると、「閉めろ」と河畑がぶっきらぼうに命じた。

「……厚木から小言をいただいたよ。それも、たっぷりとな。だが結論から言えば、今回に限りお咎《とが》め無しだ。陸幕からは礼をもらった。なのに、海自としてあれは不適切な攻撃だったと処分はできんだろうということになった」

「私は攻撃の可否を求める無線を送ったし、交戦法規は明らかに不備だった」

「外国の軍艦が領海侵犯したからと撃ってはならないのが国際法であり、交戦法規もそれに準じている」

「それはグレイ・ゾーン事態を想定したもので、今は戦時でしょう。あのエアクッション艇を見逃していたら、今頃もう一個中隊の兵士が魚釣島に上陸していた」

「君の機体はフライト・プランを逸脱し、交戦空域に深く入り込んだんだぞ。撃墜されていてもおかしくはなかった。下手をすれば、また機体一機に乗組員まで失っていた」

「いいえ、それはありません。中華イージス艦のレーダーに見えないように海面すれすれを飛んだし、航空自衛隊はあの時も十分に制空権を維持していた。自分の機体は揚陸艦そのものを撃沈できたが、領海外でありましたし、交戦法規に則り、攻撃はしませんでした。フライト・プランからの逸脱は、こういうクリティカルな状況下では当然起こりうることです。自分の判断は適切でした。そうだろう?」

伊勢崎は、首席幕僚の下園茂喜《しもぞのしげき》一佐を見遣った。下園は、俺を巻き込むのかという顔をした。

前夜、中国軍は一〇〇〇機にも及ぶ無人戦闘機を繰り出して日台両軍を翻弄した仕上げに、揚陸艦を仕立てて魚釣島に襲いかかってきた。

その作戦も、前列に無人の高速魚雷艇を押し立て、こちらに無駄弾を撃たせての攻撃で、兵士を乗せたエアクッション艇は最後に突っ込んできたのだ。

台湾軍の戦闘ヘリ二機が果敢に応戦してくれたが、弾が尽き、対空ミサイルも飛んできたことで、エアクッション艇は次々と魚釣島の岩礁地帯に取りついた。

そこにパトロール中だった伊勢崎が乗った機体が単機で突っ込み、エアクッション艇二隻を撃破したのだった。

大きな戦果だったが、自衛隊も政府も、その戦果を巡り揺れていた。

戦略的忍耐を継続する日本は、表向きは中国と戦争などしていないことになっている。大っぴらに、その攻撃が海自によるものだと認めるわけにもいかなかった。

「機体とその乗組員を危険に晒したことは事実だろう」

「潜水艦隊は、中国海軍の大艦隊が包囲する西沙島に侵入し、台湾軍兵士を見事に連れ帰った。まさに二一世紀のキスカ撤退をやってのけたのだ。ま空自は、一〇〇〇機にも上る無人戦闘機をこつこつバルカン砲で叩き墜した。不眠不休でね。護衛艦隊だって、敵のレーダーに見える位置に留まって牽制している。彼らは、いざ攻撃を受けても逃げる術は無い。なのに、海自航空部隊はたった一機の哨戒機を撃墜された程度のことで、戦場から遠く離れた空域に縮こまっていると揶揄《やゆ》されている。それでいいんですか」

河畑は、予期していたこの台詞に対し、穏やかな態度で口を開いた。

「われわれの任務は、自衛艦隊に接近する敵潜水艦を阻止することであり、それは達成されている。そしていざという時まで戦力を温存することだ。それもほぼ達成できている。それとも君は、自分の手で日中戦争の引き金を引きたいかね」

「現状は、戦争では無いと？」

「政府はそういう立場だ。もう十分だろう。若造や下士官が言うならともかく、諫《いさ》めるべき立場の指揮官がそういう態度をとるようなら、私は君を解任するしかない」

「……魚釣島を守った功労者を、解任などできませんよね」

「なら、出世させてやろうか？　航空集団司令部付きというかたちで、厚木に追い出してもいいんだが」

「司令、そこは、抑えて――」

ここで下園が慌てて取りなした。

「伊勢崎、上官に対して失礼だぞ！　あいつを何とかしろという厚木からの圧力を、はね除けてくれたのは誰だと思っているんだ。撤回し、お詫びしろ」

伊勢崎は、一瞬考えた後、頭を垂れた。

「無礼な物言いでした。お詫びします」

「カウンセリングを命じる。マーベリック・ミサイル百数十キロの弾頭の爆発でエアクッション艇二隻がひっくり返り、中隊規模の陸兵が戦死した。あの時化で、生存者は数名だったらしいと電波傍受部隊の報告を受けている」

「自分の部下の仇討ちとしては、物足りませんね。せめて中華イージス艦の二、三隻は沈めてやらないと」

「言葉を慎め！　敵とはいえ、兵士が死んだんだぞ。こういうことは、後々ダメージとなり、心を掻き乱すものだ。一人っ子として生まれ育った兵士が何百人と戦死したんだ。それも、われわれの攻撃でな。少しは気に病《や》め。それが人間としての正常な態度だ。搭乗していたクルー全員に、カウンセリングを命ずる」

「はい。もう下がってよろしいですか。空自の〝プロミネンス作戦〟への協力を求められています」

「ああ、下がれ。随時報告するように」

　伊勢崎が敬礼して部屋を出ていくと、下園は「後で言って聞かせます」と、先に口を開いた。

「……君は、正しい攻撃だったと思うか」

「少なくとも、その二隻のエアクッション艇が無事に魚釣島に辿り着いていたら、今頃島は解放軍兵士で溢れかえっていました。しかも、中国軍は無傷で上陸できたことに気をよくして、間違いなく後続部隊を発進させていたでしょう。島には特殊作戦群の小部隊がいるようですが、そうなっていれば今頃、とっくに潰滅しています。水機団の増援を送り込むことも困難になっていました。防大同期の陸自が、わざわざお礼の電話をかけてくれましたよ。難しい判断だったろうがあの攻撃でわれわれは助かった、と。あんな無茶な命令を出した覚えはないがと、喉元まで出ましたが。ですが、結果は結果です。そこは事実として評価するしかありません。それに奴は、やろうと思えば揚陸艦でもフリゲイトでも好きに攻撃できたのです。それは控えて、上陸してくる部隊だけを狙いました。事実として、戦闘服を着た武装兵が上陸した今、国際法上もそう問題になるとは思えません。無論、立場上、司令のご立腹はもっともです。あとで自分も懇々《こんこん》と説教してやります。そんなに引き金を引きたいなら、機体に乗るなと」

「任せる。これ以上は、もうかばいきれない。もし彼の暴走でまた犠牲が出るようなら、私はここで辞表を出す。君の出世も、ここで終わりだと思ってくれ。日中戦争の引き金を引いた指揮官だなどという烙印《らくいん》を押されたくはない。ここで踏みとどまることができなければ、何千人もの若者が死ぬことになるんだ。勿論、われわれも無傷では済まない。あちらは若者、こちらは所帯持ちがバタバタ死んで、母子家庭を量産する羽目になる。老後を墓参りの予定で終えるのはご免だ」

「私はもう腹をくくりました。戦争は避けられないし、うちも無傷では済まない。私が望むのは、せめて空自が疲弊するなり陸自が犠牲を払ったあたりで、政府が根を上げて白旗を掲げてくれることです。武人としては情けないが、制空権無くしては飛べないし、陸自の隊員を守れなかったのでは戦争継続する意味もありません」

「私も同感だが、それは人前で言うなよ。われわれは、この日のために給料をもらってきたんだから。できませんとは言えない」

「そうですね。忘れてください」

滑走路をＫＣ－130Ｊ〝スーパー・ハーキュリーズ〟が離陸していく。今朝方、エンジン・トラブルで緊急着陸してきたのだ。海兵隊岩国基地所属の第152海兵空中給油輸送中隊〝スモウズ〟の所属機体だった。

たまに鹿屋で訓練している馴染みの機体だが、肝心の海兵隊戦闘機部隊がどこに展開しているかはさっぱりわからなかった。

一説には、グアムを通りこしてウェーキ島まで撤退したのではないかという噂も立っていたが、少なくとも鹿屋の在籍部隊の行動半径内にいないことは確かだ。

レーダーでも光学センサーでも、まったく編隊を見かけていなかった。

第四章　深淵なる部屋

航空総隊司令部にあるその窓の無い部屋は、臨時に「エイビス・ルーム」と命名されていた。

本来の発音は〝深淵〟、もしくは〝地獄〟を意味する「ABYSS《アビス》」だが、それでは少しおどろおどろしいということで、もう一つの発音である〝エイビス〟となったのだ。これだと、何かの略語にも聞こえる。

「エイビス・ルーム」は、作戦立案のための特別室だった。

喜多川・キャサリン・瑛子二佐は、その部屋に入るなり、壁に貼られた中国大陸の白地図の前に立った。白地図には中国空海軍の航空基地と所属部隊、配属機の種類と機数が書き込まれている。

「情報が古いわね」と言うと、赤マジックを持って数字を訂正した。

「寧徳《ニンドー》の、この基地は偽物よ。飛行隊も存在しない。バンカーに戦闘機が十数機入れてあって、それは時々一メートル単位で位置が動くけど、ベニア製のハリボテです。滑走路上に離着陸痕があるのは、ここが本物の軍事基地であることをアピールするため、週に何回か軍用機が離着陸するから。当初は本物の基地として運用する予定だったけど、上下水道と電力整備に手間取って――何しろ、山の中ですからね、運用を諦めたみたい」

「そんな話は初耳だぞ。根拠はあるのか?」

総隊司令部運用課別班班長の羽布峯光《はぶみねみつ》一佐が不快だという表情で質した。彼はフライトスーツ姿、つまりパイロットだ。

「国家偵察局《NRO》が台風一過の早朝に撮影したカットに、主翼が折れた複数の機体が写っていた。そもそもバンカーとはいえ、露天駐機させるくらいなら他所に台風避難させるのが筋でしょう。遡《さかのぼ》って偵察写真を分析したら、戦闘機はその狭いバンカーの中で小まめに動いてはいたが、そのバンカーから出入りする轍《わだち》は一切なかった。それどころか誘導路にまで雑草が生えていた。そういうことです」

「なんで君が知っていて、われわれが知らないのだ」

「私は情報将校として、米空軍から直接聞きましたけれど、誰か米空軍に尋ねましたか? この基地の概要を。部隊名は、解放軍が微博《ウェイボー》を使って流した偽情報です。この白地図を彼らに見せたら、さぞかし喜ぶでしょう」

「こういう重要情報は、原隊に報告するのが筋だろう」

「すみません。私の耳にも入っていたので、既知の情報かと思っていました。それと、この白地図には台州市近郊の飛行場が入っていませんが、何か意図的に落としたのですか」

「台州といえば寧波の南か。何だそれは?」

「一年半前から造成がはじまり、三ヶ月前から運用が開始されています。台湾の対岸近くでも似たような急造飛行場の建設が複数はじまり、NROは注意を払っていました。台湾攻略のための臨時施設でしょう。ただ、台州はいささか台湾から距離がある。台湾に近い基地がやられた時のための予備飛行場です。例のゴースト・ライダーズの発進基地にもなったはずです」

　羽布は作戦情報隊の二佐を睨みつけるが、相手は「さあ」というように両手を広げただけだった。

　バツが悪いというものではなく、こんな女の言うことを真に受けるのかという態度だ。

「君がもっている情報で、この作戦の成否にダメージを与えそうなものは他にあるか」

「いいえ。単に、情報の精度の問題にすぎません。昨夜の戦闘で、敵一個飛行隊を叩き墜したことは大きい。対して、こちらに未帰還機が出なかったという事実もです」

「ステルスと米軍で、不意打ちができたお陰だ。二度目は無いだろう」

「そうですね。すみませんが、水を一杯いただけますか。成田《なりた》から直行だったので」

「いいぞ。ウィッチ、缶コーヒーを出してやれ。さて、一五分休憩を入れる。頭をリフレッシュさせよう。手洗いに行きたい者もいるだろうしな。私もドリンクを飲むとするよ」

　全員がテーブルから離れて、壁際に並べられたパイプ椅子に腰を下ろした。だが、部屋を出た者はいなかった。

　ウィッチこと新庄一尉が段ボール箱の中から缶コーヒーを出して全員に配る。

「そういえば、作戦名のプロミネンスには意味があるのですか」と、喜多川が尋ねた。

「作戦名に精神性以外の具体的な意味合いをもたせるのはよくないんだが、このプロミネンスにはちゃんとした意味がある。われわれが守っている絶対防衛ラインは、日中中間線上にある。ここは言わば太陽の表面だ。そこから尖閣へ向け、突起《プロミネンス》を伸ばして攻撃する。そういう意味だ。作戦は至ってシンプル。ウィッチ、説明してやってくれ」

喜多川の隣に座った新庄一尉は、レーザーポインターで白地図をなぞった。

「攻撃の主体はAGM‐65F、マーベリック・ミサイル各四発を搭載する二機の海自哨戒機です。われわれは、あくまでもそのエスコートという形をとります。哨戒機の接近なら、中国軍を刺激せずに済みますし。戦闘機の接近なら、彼らは攻撃の意図を感じ取りますが、哨戒機なら定期パトロールが尖閣に近づいたのか、という程度で片づけてくれるでしょう。もちろん、護衛はつけます。F‐2戦闘機を四機編隊です。目立たないよう、また後方にはイーグルと近くにF‐35Aも配備します。中国軍機は、尖閣から一〇〇キロ圏内には接近しません。万一こちらに向かってきても、哨戒機は脱出できる計算です」

「もう少し洗練されたやり方はないの？　JSMとか――」

「それはな」と、羽布がドリンクのキャップを外しながら口を開いた。

「ジョイント・ストライク・ミサイルを搭載できるブロック4改修済みのF‐35Aもいるし、ミサイルもあるが、今回は精密攻撃を必要とする状況ではないし、あのミサイルは高価だ。かと言ってJDAMはそこそこの値段だが、戦闘機を魚釣島に近づけたら中国空軍が押っ取り刀で出てくるだろう。南西諸島に配備されている地対艦ミサイルは、実は対地攻撃も可能だが、これも相手に報復してくれと言っているようなものだ。あちらは、うちの一〇倍の数の巡航ミサイルを持っている。マーベリックは安いし弾頭重量も知れているから、敵部隊を全滅することなく警告を与えられる」

「簡単な任務《イージー・ミッション》ですね」

「そこまではな。問題は、報復攻撃だ。台湾攻略もあるから、沿岸部に配備された巡航ミサイル全てが向かってくることはない。こちらとしては、最大でも一〇〇発前後による飽和攻撃だろうと考えている。それプラス、航空部隊が出てきて、一個飛行隊五〇発程度の空対地ミサイルの攪乱《かくらん》攻撃か……」

「そうですね。合計一五〇発の報復というのは、妥当だと思います。それくらいは覚悟した方がいいでしょう」

「ああ。問題はそれをどうやって叩き墜すかで、戦闘機複数による迎撃では重複が起こることを考えると、よくても一〇〇発叩き墜すのが限界だ。どうしても五〇発は漏れる。敵の戦闘機部隊がもっと突っ込んでくるようなら、更に撃ち漏らしが出て、墜せるのは五〇発あるかどうかだ。味方機の損害も、無視はできない」

「そういうのを虻蜂《あぶはち》取《と》らず、と言うんじゃありませんでしたっけ」

「……だから、敵の巡航ミサイルが大陸の海岸線から発射された時点で、魚釣島の上陸部隊に警告を発し避難してもらうしかないわけだ。しかしあの島は基本、山だ。避難場所は限られる」

壁には魚釣島の地形図も貼られていた。海岸線から等高線の縞模様が彩られている。

こんな場所で、上陸した日中の兵隊らが睨み合っているということが信じられない。

「そもそもこれ、空自の戦闘機だけで飽和攻撃を阻止するというところに無理があると思うんですが」

「そうだが、イージス艦隊は尖閣からそれなりに下がった場所にいる。E－2Dを前方に出し、海軍統合火器管制対空《NIFC－CA》システムでイージス艦のミサイルを誘導することも考えたが、それでも撃墜できるのはせいぜい巡航ミサイル二、三〇発だろう」

喜多川は海自から参加しているらしい制服姿の二佐に「お聞きしてよろしいかしら」と問いかけた。

「哨戒機のことなら、こいつが応えます」

もう一人はパイロット・スーツを着ている。陸自からも連絡要員が参加していたようだ。

「イージス・システムに関して、お伺いしたいんですが」

「でしたら、それは自分の専門です。海幕防衛部装備体系課付きの福原邦彦《ふくはらくにひこ》二佐です」

「こいつの専門は艦艇ではなく、ミサイル防衛ですよ。自分はP－1乗りの樋上幸太《ひのうえこうた》二佐です。航空集団から派遣されました。お見知りおきを。ちなみに自分の前職は鹿屋の第一航空隊幕僚、こいつは護衛艦の艦長でした」

パイロット・スーツを着た樋上は、いかにもパイロットらしい爽やかな笑顔で口を開く。

「お伺いしたいのは、イージス艦が適切な場所にいれば飽和攻撃を仕掛けて飛んでくる――仮に一五〇発としましょう。迎撃できますよね、撃ち漏らさずに。ESSMは、間に合ったかしら？」

樋上は少しにやついた顔で喜多川を見た。

「私、何か変なことを聞きましたか？」

「いえ、ここに呼ばれてから誰もESSMのことを持ち出さないのはどうしてだと、こいつと囁き合っていたものですから」

福原の方は、樋上とは正反対の性格らしく、羽布の顔色を窺っていた。

「構わん、今は休憩時間だ。今話していることは誰の記憶にも、記録にも残らない。フリートークということだ」

「ありがとうございます。――発展型シースパロー艦対空ミサイル、いわゆるESSMは、間に合いました。〝まや〟も〝はぐろ〟もESSMがセルに入っています。それぞれ一〇セル入っています。ESSMは一セルに四発入るので、四〇発搭載していることになりますね。基本的には個艦防御ミサイルですが、脅威のタイプによっては射程は五〇キロ程度には延びます」

「そこは、具体的な説明が必要だよね」と、樋上が促した。

「つまり脅威のタイプというのは、昔のミサイルは目標に向かってひたすら真っ直ぐに進んできました。こちらはそのミサイルとの会合地点を割り出し、そのポイントに向けて対空ミサイルを撃つ。海上から発射されたミサイルは、上空までまっすぐ昇ると、そこで固体燃料をほぼ使い果たすわけです。あとは落下する運動エネルギーで目標に向かって突っ込んでいく。ところが最近の対艦ミサイルは、慣性航法で飛んで最後突っ込む直前に、不規則なコースをとります。たとえば目標に向かって螺旋《らせん》状に飛ぶとか。そうすると、古いタイプの対空ミサイルでは迎撃できない。自衛隊の最近の対艦ミサイルも、全てその手の偽装コースをとります。そういうターゲットに対しては、それなりに燃料を残しておく必要があり、その分、射程距離が短くなるというわけです。ESSMの場合、三〇キロくらいになります」

「仮にそこまで接近できたとして、他にも対潜ミサイルだの積んでいるわけだろう」と、羽布が聞いた。

「セルにあった対潜ミサイルは、全て降ろさせました。イージス艦が対艦攻撃だの対潜攻撃だのと言う状況では、すでにわれわれは負けています。対空戦に特化するため、セルにはスタンダードのSM2とSM3、そしてESSMしか入っていませんでした」

「SM3は那覇防衛時に使ってしまったから、ざっと計算して、九六セル中SM2が八〇発か。ESSMを足して一二〇発。二隻使えばそれなりのことはできるが、そこで撃ち尽くしたら後はどうする？　弾庫を空にはできないだろう」

羽布が暗算して言った。

「解放軍が西沙島に上陸して、すでに七日経ちます。その間、われわれは手を打ちました。必要なミサイルは今も陸続と日本に空輸中で、それは那覇にも佐世保にも届いています。艦隊防衛を他のイージス艦に委ねて那覇港に戻れば、少なくとも二回分の補給はできるよう、手は打ってあります」

「それはいいけど、でもこの数の飽和攻撃を迎撃するのは、いかなイージス艦といえども無理だよね。同時対処能力は、イルミネーターだっけ？　装備されたイルミネーターの数に依存するんだろう。確か、イルミネーター一基あたり三発とか四発だから、同時対処能力は一二発か？」

「ああ。それは世間に誤解されている部分でして、確かに昔のミサイル護衛艦ではそうでした。しかし、イージス・システムでの同時対処数は、理論上、無制限です。ESSMは、そもそもアクティブ・レーダー搭載なので、終末誘導を必要としませんが、飽和攻撃に対しては二重攻撃を減らすために終末誘導が必要でしょう。一部にスタンダード・ミサイルの最新型、SM6も積んでいるはずですが、これは勿体無いから使うかどうか……。標準のスタンダードSM2ミサイルは、セミアクティブ・レーダー・ホーミングなので終末誘導が必要ですが、誘導に必要な電波はほんの数秒発射すれば済む。たとえば、飽和攻撃を仕掛けてくる対地ミサイルが一〇〇発向かってくるとします。イージス・システムは着弾時刻を弾き、脅威判定し、リアクション・タイムを計算して脅威度の高いミサイルから迎撃するよう、ミサイルを誘導します。飽和攻撃といっても、距離が出れば一〇秒の間に全弾を着弾させることは無理です。それなりにばらける。そこにつけ込めば、イージス・システムは弾庫にある分のミサイルを順次発射し、空中に上がった一〇〇発前後のミサイルを誘導し、それで飛来する敵ミサイルを迎撃することが可能です」

「……君たち、そういうことを考えるの、はじめてじゃないよね」

「ええ、まあ」

福原二佐が立ち上がると、白地図の前に向かおうとして立ち止まった。

「これ、まだ雑談ですよね」

「もちろんだ。小耳に挟んだ話ということになる」

福原は、飲みかけの缶コーヒーを左手に取って白地図の横に立った。

「中国の海警艦が尖閣海域に居座るようになってから、われわれはその防衛作戦に関して何度もシミュレーションを繰り返し、必要とする艦艇を常に用意し続けました。この防衛作戦は、一〇年前には存在しました。航空自衛隊のE－2D〝アドバンスド・ホークアイ〟導入で、ようやくそれが完成したと言えます。対地対艦及び巡航ミサイルを用いて魚釣島守備隊を攻撃してくる敵に対し、われわれは二隻のイージス護衛艦で守ります。一隻は魚釣島の真南に配置し、もう一隻は魚釣島の東やや北に位置させ、飽和攻撃ミサイルを阻止し、イージス艦がミサイルを撃ち尽くしたらただちに控えの二隻と交替。イージス艦は那覇港で、弾庫にミサイルを補給して半日で戦列に復帰する。往復六時間、補給に六時間を見込んでいます。今回、若干の微調整は必要だろうと思いますが。イージス護衛艦〝まや〟が昨日、中国海軍の空警機――Ｅ－２Ｃをデッド・コピーしたような機体ですが、それに対し強力なビーム波を浴びせてレーダーを焼き切りました。そこからは、敵の早期警戒部隊は後退ぎみに飛行しています。とはいえ、イージス艦が飽和攻撃を食らわず済むよう位置偽装をします。後退したと見せかけて味方のイージス艦と入れ替え、二隻は無線封止下で移動します。護衛隊群が展開しているのは尖閣海域より南、およそ八〇キロに一個護衛隊群、東一五〇キロにもう一個護衛隊群です。海上保安庁の巡視船は、護衛隊群より更に尖閣諸島に寄っており、南小島から南に三〇キロの辺りに展開しています。海自としては、そこは危険だから下がるようにと何度も意見したのですが、国交省に聞き入れてもらえません。そこでわれわれは、巡視船を利用します。巡視船の交替を偽装し、海保部隊と合流するそぶりを見せて接近。一隻が魚釣島の南側、もう一隻を島の南東側に待機させます。ただしこれだと、最高峰三〇〇メートルを越える魚釣島の島影で、海面すれすれを飛来する巡航ミサイルがイージス・レーダーに映らないわけです。ここで空自のＥ－２Ｄの出番。ええと、そちらのＥ－２Ｄは空中給油能力はありましたっけ」

「いや、ない。フル・ウエット・ウイング仕様――つまり空母艦載機仕様のような主翼の折り畳み機構を廃止し主翼内タンクを設けているため、八時間は飛べるんだ。それも、しんどいけどな。主力はＥ－767だが、Ｅ－２Ｄでも二四時間尖閣空域をカバーできるよう調整している」

「ありがとうございます。Ｅ－２Ｄが装備するＮＩＦＣ－ＣＡが参加することで、いわゆるキル・チェーンが完成します。共同交戦能力《CEC》が発揮され、イージス艦はＥ－２Ｄから送られてくる脅威データをもとに発射したＥＳＳＭミサイルが、山陰に隠れる寸前までイルミネーターで誘導し続ける。最後は、ＥＳＳＭはアクティブ・モードで目標を撃破します」

「撃ち漏らしは？」

「ありません。毎年、前年より条件を厳しくしたシミュレーション演習を行っていますが、撃ち漏らしが出たことはありません。撃ったミサイルがきちんと爆発すれば、確実に敵ミサイルを迎撃します。これが大陸間弾道弾相手となると、物理的条件が格段に厳しくなるので、二発撃つことで命中の確率を上げる必要がありますが」

「ＳＭ２でも、結構な値段だよね」

「はい。実は一発、二〇億します。五発もあればＦ－35Ａ戦闘機が一機買えますね。仮に魚釣島にいる隊員全員が戦死したとしても、スタンダード・ミサイル数発分で、全員の遺族に弔慰金《ちょういきん》が出せる」

「まあ、人命は金では買えないな。君ら、そういう作戦をもっていながら、黙っていたわけか」

「命令があったわけではありませんが、積極的にアナウンスするものでもなかろうという示唆はありました。イージス艦の本分は、ミサイル防衛と艦隊防空ですから。中隊規模の陸兵を守るために、弾庫を空にするほどのことか。大陸からの巡航ミサイルであれば、空自の戦闘機部隊である程度叩き墜せるだろうし、戦闘機や爆撃機からの空対地ミサイルであればそもそも発射される前に敵戦闘機を撃ち墜すのは空自の任務ではないか、ということです」

「もっともな意見だ。防衛出動命令どころか待機命令すら出ていない。戦略的忍耐を強いられている中で、領空侵犯せずに、領空の遥か外側から空対地ミサイルを撃ってくる敵戦闘機を攻撃するのは難しいぞ。事実として、上はミサイルを撃たれるまで反撃はできないとか呑気なことを言っているからな。福原さんはどうなの、専門家として」

「やってのける自信はあります。やってみたいとも思いますが、同時にそれでイージス・システムの性能を余すところなく敵に披露し、注意を引きたくないという思いもある。単に垂直発射基を備え、フェイズド・アレイ・レーダーを装備しただけの大型艦を〝中華神盾《イージス》〟と自慢している連中に、本物のイージス・システムの実力を見せてやりたいという思いはありますが」

「わかった。後で上と話してみる。陸は、意見はあるかな？」

陸自からも一人、陸幕防衛部の竹義則《たけよしのり》二佐が参加していた。

「飛んでくるミサイルを漏れなく叩き墜してほしいとは言いません。半分は墜せるという話が、九割になるとしたらこちらは大歓迎です。ただ、どういう作戦になるにせよ味方機が巡航ミサイルを探知したら、ただちに避難できるよう命令は出してあります。海自の協力が得られずとも、恨みはしません。犠牲を最小化する手立ては打っているつもりです」

「ありがとう。喜多川君、意見は？」

「はい。問題はその手の飽和攻撃が何波に及び、海空の現有戦力で何波まで凌げるか、ですよね。台湾攻略が本命であるからには、中国としても持てる戦力の半分ほどを尖閣で消耗するのが限界でしょう。すると五波か、六波」

「一戦交えるたびに、スタンダード・ミサイルを一〇〇発撃ったとして二千億が吹っ飛ぶ。五戦もやったら一兆円が東シナ海に舞うわけか。年間防衛予算の五分の一だ。こんな戦い方を、上が認めるかだな。役人なら、さっきの福原さんと同じことを必ず言うぞ。その一個中隊を見殺しにして弔慰金を出せば、ミサイル数発分の支出で済むと。――さて、休憩時間は終わりだ。みんな、プロミネンス作戦を進めてくれ。私は総隊司令官殿とお茶してこようか」

羽布は福原二佐に目配せして、同行を求めた。時間は限られている。早急に海幕と統幕の意思統一が必要だった。

喜多川はコーヒーを飲み干すと「この戦争、良い方向へと進んでいるのかしら」と呟いた。

「そう思いますよ。戦闘機の数で圧倒されているんだから、われわれは陸海空の総力戦で挑むしかない。戦力の逐次投入は避けないと。でも福原二佐はこの戦争が終わった後、帰る場所があればいいけれど」

そう新庄が応じた。

「中国艦隊を攻撃して構わないなら、この戦争は今日中に終わる。空自の出番も無い。P－1でスーと飛んでいってハープーンをしこたま叩き込むなり潜水艦から攻撃すればいいんだ。空母一隻でも沈めれば、彼らは引っ込むだろう」

樋上二佐が言った。

「全く、馬鹿馬鹿しいよ。最初に撃墜されたP－1クルーの全員を知っていた。職場の同僚で、仲間だった。あの時点で、日中はとっくに戦争状態に突入していたのに……。正直、戦略的忍耐で、向かってくるミサイルをその一〇倍以上の値段のする防空ミサイルで叩き墜すなんて、税金の無駄遣いだ。空母一隻沈めてやれば、この戦争は終わるんだ。うちはすでに西沙島沖でフリゲイト一隻を潜水艦で沈め、P－1でエアクッション艇を二隻沈めた。トータルでいえば、五〇〇人以上もの解放軍兵士を、海の藻屑にしているんだ。なのに、戦争はしてない、艦隊の攻撃もならんというのは、とんだご都合主義だ。そんなのが中国に通じれば、魚釣島に上陸なんてしてこんでしょうが」

「両国民が真実を知ったら、世論は激昂してエスカレーションの歯止めが利かなくなるわ。事実はどうあれ、政府の苦労はわかります。作戦をタイムテーブル通りに進めないと。上陸した部隊が前進をはじめるわよ」

「うちはすでにマーベリックを搭載したP－1が何機も上がって奄美周辺で待機している。あとは命令をもらうだけなんだけどね」

「プロミネンス作戦自体は、これ以上、弄りようもないから、このままゴーでしょう。中国が、どのくらいの時間差で反撃してくるかの話ですから」

新庄は立ち上がって、飲み終わったコーヒーの空き缶を回収しはじめた。羽布は、ほんの一〇分で戻ってきた。

「総隊司令官が、統幕に意見具申した。海自が作戦をもって備えているのであれば、それが提示されないのは納得がいかんとな。何とかなるだろう。そのイージス艦の移動時間から逆算し、プロミネンス作戦が決行されることになる。われわれは引き続き、尖閣の防空作戦を練る。ミサイル一発抜かせることなく、中国の意志を挫《くじ》く！」

そううまくいけば問題ないが、沖縄本島から四〇〇キロも離れた群島を守り抜くのは簡単なことではない。

早期警戒機が大陸沿岸部から発射されたミサイルを捉えて、那覇基地からスクランブルした戦闘機が駆けつける頃には、とっくに着弾しているのだ。


第164海軍陸戦兵旅団を率いる姚彦《ヤオイエン》海軍少将と

旅団作戦参謀の雷炎《レイイェン》大佐、そして〝蛟竜突撃隊〟を率いて上陸した宋勤《ソンチン》中佐は、魚釣島東端から西へ二キロ移動した尾根筋の下に立っていた。

標高は一〇〇メートル。下は崖とまではいえないがかなり急な角度の林だ。

三人は、梢の隙間から双眼鏡で大陸側の水平線を観察していた。どんよりと曇り、少し雨も降っている。

「水平線らしきものが見えなくもないが、確実に言えることは、西の海を見ても味方の軍艦は一隻も見えないということだ。制空権を取れていない証拠だから、がっかりだな」

姚提督は双眼鏡を降ろしながら肩を落とした。

「島の南側には、時々海上保安庁の巡視船が姿を見せます。制空権が依然として日本側にあるのは間違いありません」

一足先に上陸した宋勤中佐が言った。

「さて、このまま何もせずに持久するという雷大佐の作戦に心惹かれるものはあるが、兵力で敵を圧倒しているのにいつまでも引き籠もっているわけにはいかないぞ。山の頂の稜線沿いに移動して敵を圧迫し、出方を探ろう。ドローンは使えないこともないか」

「はい。もう少し降ってくれれば、台湾軍が持ち込んだ戦闘ヘリも飛べなくなるでしょう。離陸はできても、下は見えなくなる。逆に、地上からは良く見える。でかい戦闘ヘリは、的になるだけです。しかし探りを入れる程度がいいでしょう。無理に制圧しようとするのは無茶です。よほどの荒天にでもならない限り、味方が全滅しそうだとなったら沖縄から爆装した戦闘機が飛んできます」

雷炎大佐がいかにも気乗りしないという顔で言った。

「逆に、われわれが全滅しそうな状況になっても、味方機の援護はなさそうだしな。天候がさらに悪化すれば、われわれの勝ち目があるということかな?」

「陸戦で物を言うのは、結局は数ですからね。ただしそうやって兵力で圧倒し三日で片がつくと考え、数多の犠牲を払う羽目になったのが、第二次大戦における米軍の島嶼《とうしょ》作戦です。ありとあらゆる島で、日本軍は頑健な抵抗を示した」

「そこは同意するが、ここはタコツボも満足に掘れない島だ。やはり、数で押せば――」

「ええ。米軍もそう思っていたんですよ。ペリリュー、サイパン、イオウジマ……。タコツボひとつ掘れないはずの珊瑚礁《さんごしょう》や火山島に、日本軍は手掘りでトンネルを掘って備えていた。彼らに攻めてくる気が無いなら、備えてはいるということです。近づいたらドローンを飛ばして偵察、威嚇して行動を抑えるしかないですね。宋中佐が試した迫撃弾ドローンは、敵に恐怖心を植えつけたはずですから、今回も有効でしょう」

「宋中佐、稜線上の前進は可能かな?」

「あまり、お勧めしません。いわゆる痩せ尾根が延々と続き、兵士の足場が限られます。前進中に集中砲火を浴びたら、逃げ込む場所もありません。威力偵察部隊を編成し、敵の接近を阻止する程度が無難でしょう」

「わかった。中佐の部隊には、海岸沿いルートの道案内を頼まなきゃならない。その威力偵察は、うちから出そう。まあ、私は楽観視しているよ。西沙島のように、敵がもし一二〇ミリ迫撃砲でも持っているならとっくに撃ってきているはずだ。野砲の攻撃がないということは、日本は歩兵を運び込むだけで精一杯だったんだと思うね」

「それでも慎重に願います。負傷兵が出ても、ヘリは飛んできてくれそうにもありません。西沙島とは違います。だからこそ私は、持久が最善の策だと進言してきました」

「留意しておくよ。西沙の再現はごめんだ。また後先を考えずに突っ走ったと言われかねない。ドローンで精査し、迫撃弾ドローンで警告を与えつつ前進する」

「夕方までには、行軍用の道がある程度完成します。われわれは時間を無駄にしているわけではありません。前進も撤退も、そこそこ素早く移動できるようになります。担架を抱えたままでも」

その位置からも、鬱蒼としたジャングルが見渡せた。時々野生の山羊が姿を見せるが、兵隊の姿はもちろん見えない。だが、移動もままならないジャングルの中で、兵士が素早く前進後退できるよう、下生えや枝、地面に出た根を伐り、道案内のガイドロープを取り付ける作業が進んでいた。

ジャングル・キャノピーの下のルートは、ドローンで真上から覗いても兵は見えない前提で整備していた。

宋勤中佐が試験的に使った、迫撃弾をピンポイントで落とす攻撃用ドローンも何基か持参していた。限られた装備と虚仮威《こけおど》しで、効率的な攻撃を仕掛ける。それが、雷炎が半日で考えた即席の戦術だ。

土門陸将補は、魚釣島西端の指揮所で雨音を聞いていた。

「このビロウってさ、食料になるんだよね」

タープを張った外で、ビロウの大きな葉から滴る雨粒を眺めながら、姜三佐に聞いた。

「新芽は食べられると聞きました。でも、沖縄出身のヤンバルが、縁起が悪いからこの島のものは何も食べるなと言っていましたよ。食べていいのは、戦後持ち込まれた山羊だけだと」

「なんでよ？」

「私はよく知らないのですが、大戦中に、疎開難民の遭難事件があったとかで」

「ああ、知っている。それは、台湾疎開石垣町民遭難事件と呼ばれるものだ。石垣島から台湾への疎開民を乗せた船が、米軍機の執拗な機銃掃射を受けて一隻は沈没し、一隻は機関が故障。溺者救助しどうにか一隻を修理してここ魚釣島に辿り着かせた。確か、一〇〇人前後が助かったが、それからも傷の悪化や飢えで、何十人も亡くなったらしい。陸軍が本島で玉砕した直後、終戦前日のことでな、何もかもが不運だった。救助は戦後になった。石垣島民は長らくここでの慰霊を政府に要求し続けたが、認められたことは一度も無い。まあ、沖縄県民としては、いろいろ思うところはあるだろう」

「当時、漂着者が怪しい木の実を食べて食中毒でバタバタ倒れて死んだから、あれこれ勝手に食べるなとも言ってましたね」

「真っ先にそれをやりそうなヤンバルがそう言うなら、従った方がいいだろう。それより、なんでミサイル攻撃はないんだ？　ミサイルが勿体無いなら、Ｍｋ82爆弾を抱いた戦闘機を突っ込ませれば済むだろう」

「それなら、特戦群司令部から連絡がありました。敵の報復攻撃による損害逓減《ていげん》の目処《めど》をつけてから攻撃すると。ついては巡航ミサイル攻撃時の避難計画はありやと聞いてきたので、警報受信後、一五分で全隊員が島の南側へ脱出できるルートを確保してあると返信しました。台湾軍の戦闘ヘリも、その時間内に離陸し、島の南側に避難できると」

「それでいい。台湾軍優先だ。台湾軍の避難が完了するまで、われわれの避難は無しだからな」

死んでいたモニターの一つが蘇り、流れる雨雲を映し出した。カメラに雨粒がつくのがわかったが、どういう処理をしているのか、それは一瞬で消え去りクリアになった。

「光学センサー・システムが立ち上がりました。レーダーの火はまだ入っていません。もちろん、レーザーも。これがイスラエルRAFAEL社製のカウンター無人機兵器〝ドローン・ドーム〟のモニター画面です」

システムを操作していた待田が報告した。昨夜CH－47JAで持ち込んだシステムだ。

「この天気で、光学センサーだけで大丈夫か」

「雲底が低いので、雲の下しか見えませんが、それは敵の光学センサー・ドローンも同じです」

「例の迫撃弾を装備したやつが雲の中から現れたら？」

「ドローン自体は、現れた瞬間に発見できます。でも、雲の中から迫撃弾を落とされたら対応は無理でしょうね。落下速度が速すぎる。それとも、レーダーを使いますか」

「いや。このシステムの存在はぎりぎりまで知られたくない。あの〝オモチャ〟もあることだしな。それで、レーザーの出力は得られるのか？」

「はい。ガスタービン・エンジンをもう一基沈めてあります。その電源確保の必要性から、システム自体海岸線沿いに設置するしかなかった。何発分かの電力は、バッテリーに入っています。エンジン始動後のチャージタイムは、それで稼げるでしょう。むしろ怖いのは、梢すれすれに飛んでくるドローンです。死角になるおそれがある」

「……リザード・ヤンバル組はどこだ」

待田はモニターの一つに表示された島の3Dマップ上に、マウスでマークをつけた。

「この辺りにいます。標高は一〇〇メートル前後あり、視界も拓けて飛来するドローンを容易に発見できるでしょう」

「わかった、任せる。福留分隊は？」

「スキャン・イーグルの偵察では、稜線を登ってくる解放軍兵士が見えています。間もなく接触します。警報は出してありますが」

「敵は、スキャン・イーグルは見えているんだよな」

「どうでしょうね。高度が高くて、これも雲を出たり入ったりしながらなので、気づかれていない可能性はあります」

「そろそろいいですか？　私の小隊なので」

姜三佐が少し邪険なニュアンスで言ってきた。

「そうか、俺は邪魔か」と、土門は一歩後ずさった。

「そうは言っていません。そこの前の椅子に座りたいだけです」

「わかった……。ガル、問題はないな」

「はい。アイガーはこの日に備え、どこに潜み待ち構えれば有利に交戦できるかを、徹底的に研究しました。東側、屛風岳の弓なりにカーブしている稜線上で待ち伏せしています。それで敵を撃退できるでしょう」

「援護は出せるか？」

「〝ハーピーⅡ〟が待機しています。ただし、イスラエルから中国に売却されてＡＳＮ－３０１無人機としてアップグレード、量産されたハーピーⅠミサイルを、敵は持ちこんでいるはずです。うちがレーダーを入れると、対レーダー・ミサイルとして突っ込んでくる可能性はありますが、ドローン・ドームは、それも撃墜できるそうです」

「まあ、イスラエルの商売熱心さには感心するしかないな」

土門がもう一歩下がると、ヘッドセットを装着した姜三佐が待田の隣に腰を下ろした。

スキャン・イーグルの画像は、時々雲にかかって見えなくなる。

だが、稜線すぐ北側を登ってくる解放軍兵士の姿はしっかり捉えていた。

福留分隊のニードルこと由良慎司《ゆらしんじ》三曹と、ボーンズこと姉小路実篤《あねこうじさねあつ》二曹の狙撃チームは、標高三二〇メートルの屛風岳の北斜面の斜度七〇度の稜線下の壁にへばりついていた。

まるで蓑虫のようだった。それぞれ、足場はあった。ほんの一〇センチ四方の岩が突き出ているので、それを足場にしていた。

二人とも、ポンチョの上からギリースーツをすっぽり被っているが、それは軍靴より長いギリースーツだった。

そして落下しないように、胸の辺りに二本のボルトを打って体重と装備を支えていた。

ここからは、他人の助けなしには移動できない。落ちれば、数十メートル滑落する羽目になる。移動には上から引っ張り上げてもらうしかないが、万一の脱出用のため、四〇メートル・ロープが結んであった。

四〇メートル下った後の策は無かった。湿った風が切り立った壁に当たり、ガスになって稜線を隠している。稜線上の視程は一〇〇メートルもない。時々、身動きが取れないほど辺りは真っ白になった。まるでブリザードの雪山のようだ。

福留分隊は通信用兼妨害用の偽装アンテナを設置した後、敵を圧迫するためにそこに残っていた。

二人の背後には、残りのメンバーも控えている。

「ニードル、いくらヴィントレスでも、この雨とガスでは弾筋が見えるかもしれない」

「そりゃ仕方無いな。でも普通の銃よりはマシだし、この雨なら発射音は確実に掻き消される。そもそも二〇〇メートル先も見えない。ヴィントレスが最適ですよ」

「わかった。いざとなったら、援護はもらえるだろうし」

ここに陣取ってから、八時間は経過していた。夜明け前、真っ暗な稜線から降りて蓑虫のように壁にぶら下がったのだ。

打ち込んだボルトにハーネスを止めて身体をホールドしているために身動きは取れないが、立ったまま寝ることはできた。二人とも、そうやって睡眠をとっていた。

ギリースーツには、近くからむしり取った草や苔が丁寧に編み込んである。それ自体がある種の芸術品のようだった。銃口も、その隙間から出すことができた。

問題は、射撃姿勢だ。崖にへばり付いた状態なので、踏ん張りも利かなければ腕を自由に動かすこともできない。

だが、数時間のうちに工夫を行い、どうにか引き金を引けるようにはなっていた。とはいえ、ここに潜むのは一日が限界だ。重量が凄まじいのだ。

背負ったままの装備はもとより、ギリースーツは編み込んだ草や苔が水を吸うため、重さが一五キロを超えているだろう。頭や肩ではとても支えられないため、それだけを支える別のボルトを打ってあった。

時々ガスが晴れると、稜線の向こう、高度二〇〇メートルほどを兵士が登ってくるのが見えた。

本来は、その距離で狙撃するつもりでここに陣取っていたが、このガスでは難しかった。

「こちらアカヒゲ。アカヒゲより、オールハンド。交戦を許可する。先に撃ってかまわない。敵の接近を阻止せよ」

姜三佐は今回、南西諸島に繁殖する〝アカヒゲ〟

のコールサインをもっていた。

誰も返信しない。敵の無線傍受を防ぐため、そういうルールができていたのだ。

ニードルはロシア製のVSS〝ヴィントレス〟消音狙撃銃を構えた。九ミリ口径の特殊な弾を使う銃で、初速が音速を超えないサブソニック弾だ。そのため長距離狙撃には向かないが、ソニックブームが起きないため驚異的な消音効果をもつ。せいぜい、モデルガンでBB弾を撃っている程度の音しかない。

海風と雨音が環境音を消し去るこの状況下では、最適の銃だ。

先頭の斥候が稜線を登ってくる。ほんの一〇メートル進んでは立ち止まり、銃を構えている間にバディが後方から追いつき、追い越してそのまま前に出る。

できれば稜線は避けたいだろうが両側があまりに切り立っているため、そこは稜線上を歩くしかない。山羊が踏み固めた獣道ができているが、まるで登山道かと錯覚しそうな稜線だ。

敵が構えている銃は、北方工業公司《ノリンコ》が開発したCS／LR18型自動歩槍だった。先端はサプレッサーが装備してある。

由良はそれを望遠スコープ越しに見ていた。

三人目が登ってくる頃には、先頭の兵士はもう一五〇メートルまで接近していた。四人組の斥候の最後が腰を上げて走り出す寸前、由良はヴィントレスの引き金を引いた。

パスッとも、カタッともいうような安っぽい発砲音が自分の耳に聞こえてはくるが、五〇メートルも離れれば小石を蹴った程度の音しか聞こえないだろう。

狙った敵の右太ももに命中し、相手はよろけて稜線の右側、つまり山の反対側へと足を滑らせたのが見えた。

しばらくして、仲間が追い越してこないとわかった兵士が立ち上がり、背後を振り向く。

予想した通りの動きだ。由良はその後ろから、今度は腰の辺りを狙って撃った。

兵士は、今度はその場にまっすぐ膝を突くようにして前のめりに倒れた。

先頭の二人組は、それに気づかないまま前進し続けた。由良は、敵が視界から消える前に、先頭の兵士を撃った。太ももを狙ったつもりだったが、左膝のプロテクターごと膝を撃ち抜き、バランスを崩して前方につんのめった。真後ろで膝立ちしていたバディからは、膝を撃ち抜いた瞬間の血しぶきが見えたはずだ。

だが、バディは慌てなかった。反射的にその場に伏せるとスモーク・グレネードを前方に投じた。

由良は、それ以上の攻撃はしなかった。目的は達したからだ。

逆に稜線の下の林の中から撃ってきた。軽機関銃による攻撃だ。こちらが見えてはいない。動きを封じるための牽制攻撃だ。

その林に向け、味方がM32グレネード・ランチャーを連射した。

由良の位置からは見えなかったが、姉小路は視界の下でパッパッと起こるグレネード弾が爆発する瞬間の閃光を見た。

敵は、稜線を前進する味方が迎撃される状況を想定して備えていたのだ。敵もただちにグレネード・ランチャーを連射してきた。おそらく87式グレネード・ランチャーだろう。

頭上から石礫《いしつぶて》が墜ちてきた。直撃をくらったらひとたまりもないが、こちらが見えているわけではなさそうだ。

敵は、負傷した味方を収容できるだけの時間を稼ぐと、ぴたりと攻撃を止めた。それ以上、反撃してくる気配はなかった。

当分は登ってこないだろうが、それで断念するような相手ではないだろう。

「ニードル、何か聞こえなかったか」

「ああ、聞こえた。海兵隊のM40狙撃銃だ。つまり、アキュラシー・インターナショナルのMk13。台湾軍海兵隊のフロッグマンだ。連中は、敵がどこに潜んでいるのか知っていたんだろう。四発は撃っている。俺たちの攻撃に怯んだのではなく、彼らの狙撃で攻撃を止めたんだ」

「どこに潜んでいるんだ？　割と音は近かったぞ」

「おそらく二〇〇メートルは離れていないな。俺なら、時間をかけて構わないなら掘削ドリルを持参して、岩棚に奥行き二メートルの横穴を掘るね。それなら何日でも居座れる。入口は小さいから偽装も完璧にできるし。アイガーならそこに辿り着くルートを探せるだろう」

それより、今備えるべきは、敵の次の出方だった。

さらに大部隊で登ってくるか、ドローンで仕掛けてくるのか――。

第五章　プロメテウス作戦

第一航空隊司令の伊勢崎《いせざき》将《たもつ》一佐が指揮するP－1哨戒機四機編隊は、奄美群島沖永良部島の真西一五〇キロの海上を高度一五〇〇〇フィートで飛行していた。そこは日中中間線上の十分日本側空域であるが、日中中間線は、日中間で解釈と主張が大きく隔たっており、双方が互いの主張を譲らないまま今日に至っている。中国側の主張は、もちろん日本側の中間線を大きく割り込んでいた。

那覇基地所属の第五航空群のP－1哨戒機が、対潜活動を展開するために真下を横切って北西へと向かってゆく。ここは本来、第五航空群のカバーエリアだが、負担軽減という目的でもって、哨戒任務以外の危険な攻撃は第一航空群が請け負うことになっていた。

したがって、プロミネンス作戦に参加する機体も鹿屋から出撃した。編隊長機の前方二〇キロを、攻撃に参加する二機編隊が先行している。伊勢崎機は、作戦の司令塔機であり、この二機にトラブルが発生した場合の予備機という位置づけだった。

コクピット背後の戦術航空士《TACCO》席から、シャッターを開けて眼下を見下ろす。雲がべったりと張って海面は見えなかった。リンク16の戦術データがモニターに表示されている。昨夜は、中国海軍に一杯食わされた。東海艦隊が位置偽装し、いつの間にか魚釣島に接近していることに気付かなかったのだ。

それに懲りて、今は日米が共同して、精確な位置探索に努めていた。こちらは、時々、その東海艦隊をレーダーでぎりぎり捕捉できる位置まで接近することがあった。

気分的には、もう二、三千人敵を殺さなければ気が済まなかった。俺たちが始めた戦争じゃ無い……。仕掛けられた戦争で部下を死なせてしまった。仇を取るには、せめて空母の一隻も自分の手で沈めてやりたいと伊勢崎は思っていた。

攻撃命令を待ってすでに数時間が経過していた。いくら長時間のフライトが可能な哨戒機といえども、そろそろ帰投燃料が気になる時間だった。

ようやく通信士が横に立ち、「命令来ました！」と報告した。

「韓国岳《カラクニダケ》ニ朝陽ガ昇ル――、であります」

「桜島ではないな？」

「はい。韓国岳です」

作戦中止は、〝桜島に夕陽が没す〟、だった。

「よし、では行こう！　機長、攻撃編隊に続いてくれ。各員！　注意を怠るな、とりわけレーダー、ESMは警戒せよ」

敵の注意を惹かないよう接近するのが、この作戦のきもだった。魚釣島まで四〇〇キロ。急がず、ゆっくりと接近することが重要だ。中国軍機は、尖閣諸島の領空外から空対空ミサイルを撃てる。だがそれは、空自の戦闘機が叩き墜してくれるはずだった。

直前には、さらに高度を落として海面すれすれに飛び、三〇〇キロは離れた大陸沿岸部に引きこもっている早期警戒機のレーダーからも隠れることになる。

P－1の四機編隊は、魚釣島へ真っ直ぐは飛ばずに、護衛艦隊と合流する偽装コースをとった。中国軍も、イージス艦が控える護衛艦隊に向かって戦闘機を突っ込ませるような無謀なことはすまいという判断だった。

尖閣諸島で最も東側に位置する大正島を右手に見る位置まで接近すると、魚釣島まではほんの一〇〇キロだ。

かつて、大正島は、米軍が射爆場として利用していたが、日中間で尖閣問題が発生した一九七〇年代後半より、領土問題に巻き込まれるのを回避する目的で、アメリカ政府は、射爆場としての利用を禁じた。以来、島に近づいた者はいない。

切り立った崖から岩場が聳えるこの島は、そもそも人が暮らせる島では無かった。

高度一〇〇〇フィートからさらに高度を落とし続ける。攻撃機の二機編隊が、高度一〇〇フィートを切ってさらに高度を落とし、魚釣島東側へのコースを取った。

リンク16のデータを確認し、自らも自機のAESAレーダーを確認する。P-1哨戒機は、そこらの戦闘機より遥かに優秀なレーダーを装備している。

中国軍機に反応は無かった。こちらの戦闘機が出て来ない限り、哨戒機は無視するということだろう。

先行するP-1哨戒機二機は、魚釣島二〇キロまで接近した所で、翼下パイロンに装備したAGM-65F〝マーベリック〟空対艦ミサイルを発射した。

赤外線誘導は、艦船への攻撃も車両への攻撃も出来る。だが、今回は、赤外線イメージのターゲットは存在しない。ただの、たいして変化の無い島のジャングルを狙うだけだ。シミュレーション・モードで発射し、狙ったおおよその場所に着弾すれば良い。

そして、着弾までの映像は、機上でも確認できる。つまり偵察用ミサイルとしても使えるのだ。

ミサイルが次々と着弾して爆発する。小雨が降っているせいで、その爆発の閃光は、ひときわ明るく見えた。

ようやく中国軍機が動き出したが、その時には、P-1は旋回に入っていた。エンジンパワーにものをいわせて猛烈な速度で脱出に掛かる。速度を上げて尖閣へと接近する中国軍機との距離が縮まることは無かった。逆に、航空自衛隊機が前面に出て来たので、中国軍機はすぐに引き返した。

奇襲攻撃というほどのものでは無かったが、不意打ちは成功だった。

爆発が起こった時、姚彦《ヤオイエン》少将は指揮所に留まっていた。旅団作戦参謀の雷炎《レイイエン》大佐と〝蛟竜突撃隊〟を率いる宋勤《ソンチン》中佐は、稜線攻略部隊の援護で、指揮所を離れていた。彼らが〝長安街〟と名付けた、ジャングル・キャノピー下に作った前進路の途中にいた。

ミサイルが爆発してしばらく、爆風が頭上を抜けて行くのがわかった。

その場に身を潜めて警戒したが、続いての攻撃は無かった。情報参謀の戴一智《タイイーチィ》中佐が現れた。

「旅団長以下は無事です。負傷兵が出たかどうかはわかりませんが、第一報では損害軽微ということです。兵が出撃した後で助かりました」

「指揮所は無事だったの?」

「はい。喰らったミサイルはたぶん一〇発に満たなかったようです。何がしたかったのか……」

「何かの意図があっての攻撃だろうな」と宋《ソン》中佐が言った。

「戦場の霧という奴だな。たぶん、明確な目的が

あったはずだが、時間の経過とともに状況が変化して、その作戦自体が色褪せてしまった。つまりタイミングを逸したということだろう」

雷大佐は、気に病んでも仕方が無いという態度で言った。それより優先すべきことが山ほどあった。狙撃による戦死者が出ていた。それも四名、五名という数で、一人や二人では無い。

最初に登らせた斥候部隊は、最精鋭だったはずなのに、気が付いたら四人中、三人が撃たれていた。しかも誰も発砲音を聞いていない。いくらサプレッサーを使っても、狙撃銃の発砲音を完全に消すのは物理的に無理だ。なのに発砲音は聞こえなかったと後続の兵士も言い張った。

ドローンを飛ばして見たが、もちろん何も見えなかった。それどころか、一機撃墜されてしまった。その近くにいた兵士の話では、撃墜された時の発砲音は、ただ一発だったということだった。たった一発で、空中を浮遊するドローンを狙い落とす技術というのもにわかには信じられない。

「稜線ルートは諦めよう」

雷はあっさりと言った。

「いいんですか？　頭を抑えられることになりますが？」

と戴中佐が指摘した。

「だが、稜線ルートから敵の集団が駆け下りてきて側面を圧迫するようなこともないだろう。地形的に無理だ。また、この痩せ尾根を大部隊で移動して、指揮所急襲が可能だとも思えない。残念だが、先に陣取った側の勝ちだ。身を隠す場所もない稜線上を移動するのは危険だ。五合目辺りに阻止線を張ろう。それより、下のルートを攻めた方が良い。個人的には、それも反対だけどね。宋《ソン》中佐の見解は？」

「自分も止めた方が良いと思います。数を生かせる戦い方が出来ません。損耗を無視して戦い続ければ、いつかは制圧して、尾根筋を西へと移動出来るでしょうが、恐らく二個小隊前後の犠牲を払う羽目になるでしょう。その数の犠牲を払って構わないなら、下で戦って敵を殲滅できているでしょう。無駄な犠牲になります」

「ということで、済まないが戴中佐、指揮所にはそう伝えてくれ。われわれは、仕掛ける準備が整ったら、ドローンを仕立てて前進すると」

「了解です。参謀長はともかくとして、お二人の意見が一致したのであれば、旅団長は納得なさるでしょう。ただし、こっちで結果を出す必要がありますが」

　戴中佐がその場を去ると、二人はビロウの葉の下で雨宿りしながら、「何だったんだろうね……」と呟いた。

「威力偵察ではないし、もちろん部隊を全滅させられるほどの攻撃でもない。たとえば、空軍の出方を見るためのテストだったとか……」

「なら、それは威力偵察ということになる。どの道、空軍が出るとは思えないけどね。謎だな。戦場では、こういうことが起こる」

　島の反対側にも、その爆発音は聞こえていた。だが、指揮所で結果を見守っていた土門は、憤懣やるかたない態度で、「タイミングを逸した攻撃なんぞ、いったい何のメッセージになるんだ！」と吐き捨てた。

　本来なら、五時間前には行われているはずの攻撃だった。

「やはり他力本願は駄目だな。福留分隊の攻撃で、敵はこちらのスキルを見極めたはずだ。まあ、そう無茶な攻撃は仕掛けてこないだろう。有能な指揮官なら、それなりに慎重になるはずだ。逆に無能な指揮官なら無茶な突撃を繰り返して自滅するのみだ」

「ドローンが向かってきます。〝ドローン・ドーム〟のセンサーが捕捉しました」

と待田が報告する。モニターにそのドローンがアップで映し出された。センサーの十字マークが、そのドローンを追尾する。雨が降っているせいで、肉眼では時々見失いそうになるが、ドローン・ドームの光学センサーは、それを精確に追尾し続けていた。ドローンは、とくに迫撃弾を下げているようには見えなかった。

「たった一機なら、この辺りを見せてやれ。接近したら、もう一つのオモチャを使って迎え撃て」

「了解。SMASHの使用を許可します」

「リザードは何か言っていたか？」

「ええ。便利は便利だけど、自分が引き金を引きたい時に撃てないのは、そもそも鉄砲としてどうなのか？　と言ってましたね。でも、狙撃兵でもない隊員に持たせたら、リザードと良い勝負でしたよ」

イスラエル製のSMASHという自動照準システムを装備したベネリのM3ショットガンがあった。

照準装置としてスコープ代わりに装着することで、赤外線カメラで捕捉した映像をもとに、レーザー測距、加速度センサー、ジャイロがターゲットを確認して射撃補正を行う。

兵士は、ただ獲物を狙って引き金を引き続ければ良いが、コンピュータが命中すると判断しなければ引き金は引けないのだ。命中率を上げ、無駄弾を減らすための装置だった。

遠くで、ショットガンの発砲音が立て続けに二発轟いた。梢を這うように飛んで来たドローンが墜落するのが見えた。

「次は迫撃弾が来るぞ。引き付けてからレーザーで叩き墜せ」

しばらくすると、迫撃弾をぶら下げたドローンが飛んで来た。四機が梢を這うように飛んで来る。ショットガンの発砲位置を目指しているのは明らかだった。

ドローン・ドームのレーザーが、規則的に発射され、三機を叩き墜す。だが、それはドローンを破壊したという話であって、ドローンが墜落した場所で、迫撃弾は爆発した。最後の一機を、またSMASH装着のショットガンで叩き墜した。

迫撃弾は四発とも地上で爆発したが、幸い、巻き込まれた者はいなかった。撃墜できるようになったのは良いが、迫撃弾装備のドローンは処理がやっかいだとわかった。

雷大佐と宋中佐は、斜度四〇度にもなる急斜面に設営された長安街の途中の前線指揮所まで辿り着いた。兵士たちが一心不乱にスコップを使ってその斜面を掘り返して、幅五〇センチ前後の平坦な道を作っている。

この手の大規模土木工事が中国人は大好きだ。だが、この急斜面の道が開通したお陰で、海岸沿いの、周囲からまる見えの岩場を移動しなくて済むようになった。あそこは鬼門だった。移動する兵士は、隠れる場所も無く、絶好の狙撃対象、キル・ゾーンだったからだ。

「最初の、偵察用ドローンは、たった二発のショットガンで墜落し、それに続く攻撃用ドローンに関しては、発砲音は一切無かったという。妨害電波の類いも検知していないから、これはレーザーによる撃墜だとしか考えられない。これは変だぞ」

「確かに変だ。昨日、われわれが戦った相手は、スモーク・グレネードすら持っていなかった。一個中隊もいないはずなのに、装備が急に豪華になった」

「そろそろ暗くなるし、いったん仕切り直した方が良いんじゃ無いかな。攻撃が一日遅れた程度で、北京も文句は言うまい。とりあえず、今日は道も作ったことだし、給料分の仕事はみんなしたよ」

「ですね。行ける所まで行って、防衛ラインを張って夜を凌ぎましょう。攻勢は夜明け以降ということで」

「じゃあ、私はいったん指揮所まで引き揚げるよ」

「私は、最前線まで出て、夜営の指揮を執ります」

「昨夜も徹夜だったんだ。休んだ方が良いぞ」

「いいえ、無駄死にさせた部下の分まで働きますよ」

宋中佐が前へ歩み出そうとすると、背後から戴《タイ》中佐が息を切らして走って来た。

「中佐、軍隊には無線機という便利なものがあるんだぞ？」

雷大佐は、呆れ顔で窘めた。

「いえ。情報参謀として走り回るのも仕事の内です。東海艦隊からの命令です。沿岸部から報復のミサイル攻撃を行うから、しばらく前進は中止し、敵前線との距離を十分取れとのことです」

「ほう。そりゃまた素早い動きだね。ああ、なるほど……」

雷はやっと理解したという顔で言った。

「日本側の狙いはこれだな。こちらをちょっと突いて、たがいが交戦せずに済むよう時間稼ぎしたかったのだろう」

「そういう意図は、ちょっと読み辛いな。それに、ミサイル攻撃となると、島の形が変わるくらいのミサイルが飛んで来ることになる。われわれはそれで助かるが、日本にとってはやぶ蛇になるんじゃないかな」

と宋中佐は疑問ありげに言った。

「どうなんだろうね。迎撃に自信があるのか、逃げ場は確保してあるのか」

「自分は、最前線まで走って、兵を下がらせます。それでよろしいですか?」

「行ってくれ、中佐。十分に下がらせてくれ。そうすれば、再出撃にはまた時間を食うことになる」

戴中佐が「どういう意味ですか?」と聞き返して、ああわかった、という顔でまた駆け出して行くと、宋中佐は、「奇妙な戦争ですな」と漏らした。

「両軍ともになぜか一生懸命に時間稼ぎしているなんて」

「僕はそのつもりだけど、上にばれないようにやらないとね」

雷炎は小声でこっそりと言い、微笑んだ。

報復攻撃は、皆が予想していたより早かった。ロケット弾攻撃から三〇分後には、E－2D〝アドバンスド・ホークアイ〟が、温州市方面から発射されたと思われる巡航ミサイルを捕捉した。

総隊司令部のエイビス・ルームでは、地下にある日米共同のコマンド・センターと電話を繋ぎっ放しにして推移を見守った。

「二〇発です！　現れたのは二〇発。いずれも魚釣島方向へ向かっている――」

その受話器を握る新庄藍《しんじょうあい》一尉が報告した。

「この後があるかどうかだが、どう思う?」

と羽布一佐は、喜多川二佐に質した。

「発射が早すぎる。攻撃を受けたという報告が上級司令部に上がって、現場部隊に命令が出されるまで、どう考えても一五分は掛かる。これは、もともと攻撃を予定していた部隊による発射でしょう。この後、たぶん、二、三時間後に本命の攻撃があると見るべきです」

「すると、ここでイージス艦に迎撃を依頼するのは悪手ということになるな。那覇から迎撃部隊が上がりつつある。すでに一個飛行隊が洋上にあり、二〇発のミサイルを叩き墜すだけなら、接近中の飛行隊でぎりぎり間に合うわけだが……」

「行けるんじゃないですか？」

新庄が、受話器の口を抑えながら言った。

「那覇の部隊、AAM－4B装備です。敵編隊が出てくる寸前にミサイルを撃ち、戦闘機はそのまま敵戦闘機部隊との交戦に入れば良い」

「言うは易しぞ……。長射程ミサイルを使ったら、短射程ミサイルのみで中国軍機と交戦する羽目になる」

「控えのF－35で殴り込みしましょう！」

「それだけのことをやる価値があるか？」

「敵の一個飛行隊をここで削れれば、あとあと楽になるし、敵を脅すだけでも意義は大きいと見ますが？」

「たとえば、出て来る敵は当然一個飛行隊ではすまない。二個三個、空母からの戦闘機も上がって来るだろう。あっという間に一〇〇機からの敵戦闘機に取り囲まれるかも知れない。それこそ虻蜂取らずに終わるぞ。魚釣島の陸自も救えないし、手持ちの飛行隊も全て失うかも知れない」

「それこそ、うちの出番ですね」

と、海自の福原《ふくはら》二佐が口を開いた。

「敵を十分に引き付けた所で、イージス・システムを起動し、ミサイルでは無く敵戦闘機部隊を攻撃する。陸自は救えないかも知れないが、接近する戦闘機のかなりを撃墜できるでしょう。仮に二個飛行隊を壊滅させられたら、昨日撃墜した分も含めて、三個飛行隊も撃墜できる。味方のイーグルは、ただ敵を釣り出して、イージス艦の方角に逃げれば良いんです」

「それだと、島の陸自を見殺しにすることになるぞ」

「優先順位の問題でしょう？」

と喜多川が言った。

「君はそうやって他人を犠牲にしても勝ちゃあ良いと言うだろうが――」

「班長！　時間がありません。Ｅ－２Ｄの共同《C》交《E》戦能《C》力を使ってイージス艦でミサイルを叩き墜すかどうか、とっとと決断しろと！」

新庄が悲痛な叫び声を上げた。催促する怒鳴り声が受話器越しに聞こえるほど向こうは急いでいた。

「俺が決めることなのか？」

「出世の花道を上るためですよ！」

「陸は同意してくれるか？」

「拙い事態に陥ったら、相談は無かったということにして下さい」

陸幕防衛部の竹二佐は同意はしかねるがという顔で応じつつ陸幕への電話を取った。

「了解！　イージス艦そのまま、イージスは控えだ。戦闘機が大挙前進してくるようなら、イージスで叩き墜してもらう。飛行隊でミサイル、敵戦闘機両方を叩き墜し、ただちにＦ－35Ａ部隊を増援に向かわせる。第二次台湾沖航空戦の始まりだな！　陸自部隊の避難も急がせてくれ。神に祈ろう。これが、生け贄の子羊を差し出したことにならなきゃいいが」

新庄は受話器に向かって、「聞こえましたね！」と怒鳴った。

「ミサイルは戦闘機で対処、敵編隊が増援を繰り出し殺到するようならイージス艦で戦闘機に対処です!」

　魚釣島では、慌ただしい避難が始まった。台湾軍の二機のAH－64E〝アパッチ・ガーディアン〟戦闘ヘリが、頭上のカムフラージュ用ネットを外して直ちに離陸する。そして、島の南側へと飛び去る。土門らは、着弾時刻を聞いた後、台湾軍兵士を先に避難させて自らも島の南側へと移動し始めた。

　報復の第一弾としてはこんなものだろう。第二弾があるかどうかはわからなかった。解放軍の最終的な狙いは台湾本島だ。こんな無人島を攻略するために、貴重な巡航ミサイルを浪費したいはずはない。それに、こちらが抑制的な攻撃だったことも理解するはずだ。

　ともあれ、これで接近中の歩兵はしばらくは前進を止めてくれるだろう。第二次攻撃が仮にあるなら、地上部隊は、当面は前進してこないことにもなる。

　待田の指揮で、指揮所のシステムが片付けられる。

「ドローン・ドームでミサイル迎撃は出来ないのか?」

「速度が速すぎますね。将来的には、それだけの出力や能力を得られるとは思いますが。ドローン・ドームは置いていきます。ここのシステムも、モニター類は放置。母艦となるパソコンと、無線機だけ退避させます」

　装備が軽い民間軍事会社の面々が、その荷物運びを手伝ってくれた。

　警戒航空団のボーイングE－767空中早期警戒管制指揮機《AWACS》は、宮古島の北方空域、魚釣島のほぼ真東一六〇キロの上空四〇〇〇〇フィートを飛んでいた。

護衛機はいなかった。その代わり、真下には護衛艦隊が展開している。この機体に接近を試みるのは自殺行為だし、空対空ミサイルを発射可能な位置まで接近することも不可能だった。

飛行警戒管制群副司令の戸河啓子《とがわけいこ》二佐は、突然の作戦変更に一瞬戸惑ったものの、イージス艦の戦力を温存するのは正しい判断かも知れないと思い直した。今は、ミサイルを阻止することより、その発射母機にもなる戦闘機の数を減らすのが最優先だ。

釣られた敵の編隊が罠にはまってくれるのであればしめたものだが、そう簡単にはいかないだろう。

イージス艦二隻は、すでに配置に就いている。無線封止中なので、戦術データとしては表示されていないが、AWACSのレーダーには、それなりの大きさを持つ大型船舶として映っていた。一隻は、かなり魚釣島に寄っている。海保の巡視船一隻と入れ替わり、巡視船を装っていた。

もう一隻は、自分たちの機体のほぼ真西に出ようとしている。こちらも、動いているのは、民生用の船舶用レーダーのみ。中国側の捜索レーダーにも映るだろうが、同じく巡視船と誤認される可能性が高かった。

レーダーに、中国空軍機の四機編隊が二つ映っていた。どちらもパトロール用の編隊で、さらにその奥には、空母機動部隊を護衛する編隊も映っている。

全体で言えば、三〇機ほどの戦闘機が尖閣諸島と大陸のほぼ中間より大陸側でパトロールしていた。

その内の二個編隊が針路を変えて向かって来る。こちらのF－15J〝イーグル〟戦闘機の前進に対抗してのことだ。

だが、速度を上げているわけではなかった。あくまでも、ミサイルを援護し、撃墜させないことが目的だろう。向かって来る巡航ミサイルは、YJ－18ミサイルと判定が出ている。途中まではターボジェット推進だが、最後はロケット・モーターに点火し、マッハ3で突っ込んで来る。対艦対地の両用ミサイルだ。

勝ったな……、と戸河は思った。敵は、とりあえず反撃を急いだ。そのせいで、必要な数の戦闘機を陸上基地から繰り出せないのだ。今飛んでいる編隊と、スクランブル用に用意した編隊しか飛ばせない。

それ以外の部隊から戦闘機を飛ばそうとしても、ミサイルに追いつけない。つまり援護にならないのだ。せいぜい、こちらのレーダーにその機影を捉えさせて脅すことくらいしか出来ないだろう。


ロシア製のスホーイ27戦闘機を国産化したJ－11（殲撃11）戦闘機の四機編隊が突っ込んで来る。迂闊な奴めが……。

こちらは、イーグル戦闘機の八機が、それぞれ編隊を組んで別方向から迎撃に出た。もちろん、台湾空軍からも、すでに上がっていた編隊が側面を衝こうと出てくる。

J－11編隊の後方から近づいていた四機編隊は、その台湾空軍機の対応へと針路を変えた。

「交戦を許可する。この四機を確実に葬るのよ！」

と戸河はヘッドセットで檄を飛ばした。

那覇基地から、待機していたイーグル部隊が続々と上がり始める。F－35A部隊は、AWACSのすぐ東側で待機している。

スクリーンを眺めていると、西方海域に新たな目標が現れた。四機編隊がスーパー・クルーズで接近して来る。だが、レーダー発信はまだなさそうだった。しかも、こちらのレーダーには映っていない。

　E－2Dからのもらい物データだった。

なるほど……、と戸河は納得した。敵もバカで

は無い。先頭の四機編隊でこちらを誘き出し、後

方から突っ込んで来るステルス戦闘機で叩こうと

いうのだ。こちらと似たような戦法だ。だが、そ

の姿は、アドバンスド・ホークアイのUHFレー

ダー波でしっかりと見えているのだ。もう少し接

近してくれれば、こちらのレーダーでも見えるだ

ろう。

　不思議なことに、UHFレーダーは、B－2爆

撃機のような大型機には必ずしも有効ではない。

波長の関係から、カナードや尾翼がある、小型の

物体こそ良く見える。これは周波数の共振現象が

原因だった。

「本物のステルスを見せてやろうかしら……」

　戸河は、同じく隣で立ったままスクリーンを凝

視している、第六〇二飛行隊副隊長の内村泰治《うちむらたいじ》三

佐に呼びかけた。

「勿体無い……」

　と内村が首を振った。

「でも、どの道、あれは脅威になるわよ。数を減

らせればそれに越したことはない。せっかく積ん

だのだから、E－2DのCEC能力やアムラーム

のD型の性能を試す絶好の機会よ。二機で、たっ

た二機で良いわ。一番近くにいるF－35Aに命令

して、攻撃させましょう。五分で有効射程内に入

る」

「その五分で、E－2Dがミサイルを撃たれると

いうことです。その前にイーグル部隊が交戦に入

る」

「そっちは問題無いでしょう？」

「ええまあ。ＡＡＭ－４Ｂは、昨日は良い仕事をしてくれた。今日も問題無いでしょう。敵を叩き墜した後でも、巡航ミサイルを撃墜する余裕があれば良いが……」

「みんなが正しく仕事すれば、問題無いわ。われわれが備えているのは、この一〇倍近い数の飽和攻撃なんですから」

尖閣諸島から南東一〇〇キロを、レーダーを消して飛んでいた二機のＦ－35Ａステルス戦闘機に命令が出された。

Ｅ－２Ｄ〝アドバンスド・ホークアイ〟早期警戒機は、敵編隊の接近に対応して、じりじりと現場空域から後退し、東への針路を取っている。

そして、Ｅ－２Ｄが装備する共同交戦能力《CEC》を使えば、後方に控える護衛艦やＦ－35Ａ戦闘機からのミサイルを誘導することが出来た。

「後方の編隊、味方機も間に合いそうに無いが……」

那覇基地を発進したイーグル部隊は、残念ながら巡航ミサイル迎撃には間に合いそうに無かった。

「でも、あの編隊が積んでいるミサイルなら、ぎりぎりで間に合うわよね。自前のＣＥＣを使おうじゃないの？」

「いやだって、大規模なテストはしてませんよ？」

「でも能力は持っているし、そもそもＡＡＭ－４Ｂの隠れたセールス・ポイントはそれだったんじゃないの？　前線に出ているのはイーグルの改修機。何のためにお金を掛けて改修したのよ？」

中国軍機が、先にミサイルを撃った。中国版アムラーム・ミサイルのＰＬ－15だ。

フランカーはそのまま回避運動には入らず、自衛隊機をしばらくロックオンし続ける。その間に、自衛隊機も空対空ミサイルを発射した。ＡＡＭ－

４Ｂミサイルを発射する。

だが狙ったのは、戦闘機ではなく、自機を目指して発射されたミサイルだった。マッハ３に増速してくるミサイルをＡＡＭ－４Ｂが精確に狙い、叩き墜すと、続いて、発射母機に対して攻撃を開始する。

残り二発のＡＡＭ－４Ｂと、赤外線画像誘導のＡＡＭ－５改ミサイル四発を各機全弾発射する。

敵は、このミサイルの乱れ撃ちに怯んだ様子で、残りのミサイルを発射する間もなく急旋回して雲の下へと逃げて行った。

だが、ＡＡＭ－４Ｂが追尾し続けた。雲の中で、時々小さな爆発の閃光がうっすらと見えた。四機のフランカー擬きが撃墜される。だがその間にも、巡航ミサイルは、着々と魚釣島に接近していた。

先頭のイーグル四機編隊がミサイルを撃ち尽くしていた頃、すでに後続のイーグル編隊八機は、一〇〇キロも後方から、ＡＡＭ－４Ｂを発射していた。

それらミサイルの誘導を、交戦を終えたばかりのイーグル編隊が引き継ぐ。

更に、Ｆ－35Ａ戦闘機二機が、前方へとスーパー・クルーズで出て行く。だが未だにレーダーの火は入っていなかった。

ネットワークを介してＥ－２Ｄのデータを受け取ったＦ－35Ａ戦闘機が、爆弾倉を開いてＡＩＭ－120Ｄ・ＡＭＲＡＡＭ空対空ミサイルを発射する。

だが、そのアムラームも、レーダーを発信するわけではない。Ｅ－２Ｄのデータに乗っかって黙ったまま真っ直ぐ上空へと昇っていく。

レーダーを発信せずに密かに近づくＪ－20（殲撃20）ステルス戦闘機も距離を詰めてくる。Ｊ－20戦闘機が、自分に向かって飛んで来るそのミサイルを探知する術は、味方の戦闘機のレーダーや友軍の早期警戒機、自機の光学センサーのみだった。

だが不幸にして、彼らが味方からその情報を伝えられた時には、すでに手遅れだった。自機の光学センサーが、真上から襲撃するミサイルを捕捉した時には、相対距離は二〇キロしかなく、超音速で前進しているJ－20編隊とミサイルとの距離は、瞬きする間にも縮まった。対応時間はほんの一〇秒しか無かった。

アムラーム・ミサイルは、ようやく自機のレーダーを入れ、E－2Dの管制から離脱した。ここまで接近されると、ステルスも無力だった。チャフ&フレアを発射したが、それぞれのミサイルは、断面積が目立つ上空から、落下エネルギーを利用してマッハ四で襲いかかった。

最後は、ほとんど機体を撃ち抜くようにして命中した。各一発。発射された四発のミサイルは、それぞれ一機ずつを葬った。超音速で飛行していたことが災いし、微妙な空力特性を失った機体は、一瞬で空中分解した。パイロットはただ一人も脱出できなかった。

そして、味方機に誘導されたAAM－4B空対空ミサイルが、魚釣島西端を目指していた巡航ミサイルに次々と命中し始める。

二発だけ撃ち漏らしたが、空自機はしっかりと仕事をしてくれた。最後の二発は、ロケット・モーターに点火してブースト・モードに入る寸前に、横から突っ込んで来たイーグル戦闘機のバルカン砲で撃墜された。

危うい所だった……。だが、幸い、虻も蜂も捕った。フランカー擬き四機に、ステルス擬き四機、そして二〇発の巡航ミサイルを迎撃できた。

報復攻撃への対処としては、完勝と言えた。消費したミサイルの価格は、ざっと五〇億円分。弾道弾迎撃用ミサイル一発分だった。

内村二佐は、AWACSのキャビンで、小さくガッツポーズを掲げた。全員がフー！　と大きなため息を漏らす。

台湾空軍へと向かった敵編隊も、F－16V戦闘機とアムラームの組み合わせで撃退された。全機、撃墜されていた。こちらも台湾空軍の被撃墜は無かった。

「みんなご苦労さん！　後続部隊に気をつけて頂戴。これはまだ、報復の始まりに過ぎないわよ！」

と戸河が全員を引き締めた。

横田基地内の総隊司令部でも、安堵のため息が漏れた。エイビス・ルームでは、何人もが放心したかのように後ろに下がってパイプ椅子に座り込んだ。

「あの国産ミサイルに共同交戦能力があったなんて初耳だな……」

と海自の福原三佐が呟いた。

「あくまでも限定的なCEC能力です。われわれも、積極的に習った記憶はないですね」

イーグル・ドライバーでもある新庄一尉が説明した。それを補足して、羽布一佐が説明した。

「何しろ、量産されたミサイルは少ないし、指令誘導を引き継げるという程度の話だよ」

「それが、CEC能力ということじゃないですか？」

「いやいや、本物のCECやF－35戦闘機のNIFCA－CAやMADLとは全く別物だよ。あれは次元が違うからね。うちのは、やろうと思えばやってみますけれど？　というレベルだ。言ってみれば、自転車とナナハンくらいの差がある。飽和攻撃に対処できるものでもない」

「とはいえ、まずは、初戦突破ですね」

「ワールドカップで、ようやく地区予選を通過したレベルの話だ。問題はこれからだぞ。この後、さらに巡航ミサイルによる飽和攻撃があるかどうかだ。情報将校殿のご意見は？」

と羽布は喜多川に振った。

「中国は、沖縄程度に届くミサイルを、巡航ミサイルや弾道弾、少なく見積もっても二千発は持っています。たった二〇発で失敗したなら、その一〇倍くらい用意するでしょう。ただし、次は、戦闘機部隊と完全にリンクした攻撃を仕掛けて来るはずです。そういう重層的な攻撃を仕掛けるには、それなりの時間が掛かるでしょう。一時間や二時間では無理です。最低でも、四、五時間は掛かるはずです。再攻撃があるかどうかは、大陸沿岸部のいくつかのミサイル部隊の動きを見ていればわかります。うちの衛星も覗いているし、ＮＲＯの衛星ももちろん覗いています。攻撃の可能性が高い動きがあれば、当然ＮＲＯから通報があります。さすがにその程度の協力はあるでしょう」

「了解した。引き続き警戒する。われわれはこの作戦で、少し手の内を見せすぎたかも知れない。それが懸念材料だな」

「ええ。その分、敵は慎重になり、飽和攻撃は遅れるでしょう。対抗措置を考えるために。しかし、われわれはその間、休めますよ。帰宅してシャワーを浴びるなり、ほんの四時間くらい寝るなり出来ます」

「現場のパイロットや整備員にはそんな暇は無い。われわれだけ休むわけにはいかんぞ」

「ここにいても、次の攻撃があるまでわれわれに出来ることはありません。それより、疲労が蓄積して、いざという時に頭が働かないことを心配すべきです」

羽布は、しばらく考えてから口を開いた。

「わかった。機材繰りというか、出撃部隊の調整は他所でやってくれていることだし、いったん休憩しよう。このワンサイド・ゲームを見れば、間髪入れずに突撃してくるほど敵もバカではなかろう。しばらくは休憩できると見て良い。みんないったん原隊に顔を出すなり、廊下で雑魚寝するなりしてくれ。私がここにいちゃ去り辛いだろうから、総隊司令官殿に状況を報告してくるよ」

羽布は、そそくさと部屋を出て行った。喜多川は、後ろに下がって椅子に腰を預けた。

「新庄さんは睡眠は取っている？　私は帰国便の中でたっぷり寝たけれど」

「ああ、ええ……。昨日も地獄でしたから。でも、今朝明け方、少しうとうとしました。若いですから」

「老けるのはあっという間よ。特に睡眠不足はお肌に良くないわ」

「本当に攻撃はありませんか？」

「無いと思うわね。少なくとも、われわれがここで慌てふためくような派手な戦闘は無いでしょう。残念なことだけど、敵はそれほどバカじゃない。彼らは、反省し、犠牲から学んで立ち直るでしょう」

「わかりました。じゃあ、臨時の仮眠室が出来ているので、そこで休んできます。ほんの三時間で復帰しますから。何かあったら起こして下さい」

新庄が出て行くと、官給品のタブレット端末を持ったＰ－１パイロットの樋上幸太《ひのうえこうた》二佐が、馴れ馴れしい態度で隣に座った。

「喜多川さん、実は頼みがあるんだが。昨日、空自の要請で、うちのイージス艦が、デュアル・バンド・レーダーを装備した敵の早期警戒機に目つぶしを喰らわせて撃退した。海幕から、そのお礼をしてもらえとせっつかれていてね」

樋上はタブレットで写真を一枚見せた。

「Y－8Q。あちらの哨戒機ですか？」

「Y－8Qだと思うだろう。ところが違うんだ。これはその後継機のY－9だ。たぶん、Y－8が航空機としてあまりに古すぎて、それより新しいY－9をテストベッドとして哨戒機を開発しているんだろうと思う。そのテストベッドが一機、東シナ海を飛び回っている。対潜哨戒機としての性能はもちろん知れている。うちのP－1には遠く及ばない。米海軍のP－8にも。だが、面白い試みをしている。LiDARを装備しているんだ。知っての通り、LiDARは、地表面を毎秒数万回のレーザーを発射して、凹凸を読み込む。それは海面でも有効で、潜水艦が通過する時に発生する排水効果による海面の盛り上がりを観測して、潜水艦狩りをする。理論はわかっていたから、諸外国でも研究はしているんだけどね、日本は周囲を深い海に囲まれているから、われわれにとってはあまり有効な手段ではないんだ。浅い海ではそれなりの結果が出る。


だが、うちは、この機体を目障りだと思っているらしくてね、確かに、大陸寄りに展開して、行動している空母を潜水艦で攻撃しようという目論見でもあったら、無茶苦茶目障りな機体だ。それを撃墜するアイディアを出して欲しい」

「あんなに浅い海域に、味方の潜水艦がいるんですか？　深度二〇〇メートルもない所に、排水量三〇〇〇トンを越える潜水艦が？……。自殺行為だわ」

「まあ、公式にも非公式にもいるとは言えないけどね。事実として、僕は聞いてない。ただそういうことだろうと察するのみだ」

「わかりました。義理は返せるよう何か手を打ちましょう。私はちょっと、近所の実家に戻ってシヤワーを浴びてくるわ。お二人はどうします」

「俺たちはちょっと、反省会を開きつつ、ディテールを突っ込んで研究しますよ。いざという時に、想定外があっては拙い」

福原二佐が真顔で頷いた。この二人は、全く対照的な性格だな、と喜多川は内心で笑った。

雷炎大佐は、夕暮れを迎えた島の〝長安街〟を、東端に設けられた指揮所へと戻った。近くに野戦病院が設営されていて、消毒薬か何かの化学薬品臭が漂って来る。気が滅入る臭いだった。

指揮所は無事だと聞いていたが、かなりの埃を被った跡があった。雨で濡れているせいで、埃というより泥だった。乾いても落ちそうにない泥が無線機や何やらに飛び散っている。

「酷い状況だが、幸い負傷者は出なかった。敵はたぶん、ここを外して撃ったんだろう」

と姚《ヤオ》提督が出迎えた。

「さっき、雲の中で、雷が鳴るような音がしばらく続いた後、敵の戦闘機が雲の下に降りて来てバルカン砲を撃ってましたが、何ですか？　あれは」

「味方が、地上から巡航ミサイルで報復攻撃を行った。ほんのたぶん、二、三〇発だろう。それを日本側は全て迎撃した。君はそこそこ近くにいたはずだが、一発も命中しなかったのか？」

「少なくとも辿り着いたミサイルは無かったようですね。向こうもこちらを全滅させる気が無かったのであれば、お互い様でしょう」

「ところがだ、こんなのはほんの序の口だ」

旅団参謀長の万仰東《ワンヤントン》大佐が楽しそうな顔で言った。

「上から命令が届いた。この後、本番の大規模攻撃を仕掛けるから、それまでの時間を稼げと。本番の攻撃とは、対地ミサイルの飽和攻撃だろう」

「時間を稼げとはどういう意味ですか?」

と雷大佐が首をかしげた。

「もちろん、攻勢を仕掛けよ——、という意味に決まっているではないか?」

「その飽和攻撃が成功するのであれば、われわれは黙って寝てれば良いじゃ無いですか? どうしてわざわざ体力と弾を無駄遣いするんです?」

「だからそれは、逆に敵が仕掛けてる可能性もあるだろう? その飽和攻撃を仕掛ける寸前まで、敵をその場所に封じ込めておくためにも攻勢を仕掛けよということだ」

「馬鹿馬鹿しい! あの敵は、自分たちの戦力が解放軍に劣っていることを知っている。逆に仕掛けるなんてあり得ませんよ。現に彼らは、稜線上を制圧しているのに、ここには降りて来ないじゃないですか? われわれを潰滅せよという命令は受けていないんですよ。ただ時間稼ぎせよ、というだけで。それが日本のモットーである戦略的忍耐です」

「君の言うことはいちいちもっともだがな……」

と姚提督が口を開いた。

「味方の飽和攻撃で敵が潰滅するからと、指をくわえてみているわけにもいかんだろう。うちは軍隊だ。万一に備えて、敵を圧迫し続けるのは、われわれの何というか、職業倫理みたいなものだぞ」

「提督までそんな下らないことを。戦争の目的は、犠牲を最小に止めて勝利することです。じゃあ、戦っているふりをすれば良いんですね」

「さすがにフリは困るがな。参謀長、これは力押しで勝てる相手なのか?」

「数ではわれわれが圧倒しているんです。勝てないはずはない」

参謀長は、相も変わらず自信に満ちていた。

「いや、この相手は何か違う。台湾軍とはまるで違うし、自分が研究した自衛隊でもない。たった一発でドローンを撃墜し、恐らくレーザー兵器も持ち込んでいる。われわれが知らない、未知の部隊です」

「相手が宇宙人だろうが米兵だろうが、われわれがやるべきことは変わらないだろう？」

「そんな単純な相手ではありません」

「とにかく命令は命令だ。それに、われわれがもし、飽和攻撃前に敵を黙らせることが出来れば、その飽和攻撃は行われず、ミサイルを温存できるだろう。上が考えているのは、そういうことだと思うぞ」

「これから暗くなるのに、仕掛けろと？」

「そうだ。われわれにも暗視ゴーグルくらいあるだろう」

「わかりました。しかしひとつ条件を付けさせて下さい。これは普通の敵では無いと旅団長が判断する材料が揃ったら、撤退させてもらいます」

「構わない。だがまあ、飽和攻撃が始まるまでの話だ。ミサイルが撃たれる寸前に撤退することになるだろう。われわれは、そこそこの戦果を上げれば良いさ。部隊を失っては元も子もない。われわれも戦略的忍耐だ」

参謀長は不満げな顔だったが、旅団長の決断を覆すのは無理だとみて反論はしない様子だった。

いったい誰の面子でこんな無駄なことをする羽目になったのだろうと雷は思った。これで戦死者の山を築く羽目になったら、ネットに真実をぶちまけてやる！　と思った。

第六章　陰謀論

上海にはまだ日差しがあった。この辺りは、尖閣よりそれなりに緯度が高いので、雲も掛かっていなかった。おまけに、中国全土でロックダウンが発せられたせいで、普段なら、酷い煤煙でうっすらと黄色がかった空なのに、今日は真っ赤な夕陽を拝むことが出来た。

シンガポールのインターポール・反テロ調整室《RTCN》から追加捜査の指示が届いて、国内安全保衛局は、上海中の旅行代理店を当たった。捜査に着手したは良いが、何しろ外出禁止令が出ているせいで、会社を訪れてもシャッターが降りている。

一番肝心な、大手代理店は、さすがに本店に人が残っていた。残っているというより、立て籠もって電話対応に当たっていた。医療関係者でもライフライン関係者でもない彼らが、そこにいることは本来法律違反だったが、今回はそれで救われたと思った。

ところが、ここからが鬼門だった。その旅行契約の経緯を知っているはずの管理職が捕まらないのだ。携帯の電源は落ちているし、家族も、帰宅していないという。家捜しまでしたが、確かに帰宅した形跡は無かった。

捜査を指揮する蘇躍《スウユエ》警視はすぐピンと来た。唯一、契約の経緯を知るその副支店長の財務状況を丸裸にした。社員の話では、猛烈に出来る営業マンだという話だった。そういう男の秘密はだいたい決まっている。酒か女かギャンブルだ。

定期的にそれなりの金額の支出がある。家族に隠していた二台目の携帯番号も出てきた。履歴を洗うと、ある特定の番号としかやりとりしていないし、あるアパートに長時間、その携帯が逗留していることもわかった。

蘇は、上海警察の武装警官隊を派遣して、その愛人が暮らすアパートを急襲させた。その秘密の携帯に電話一本掛ければ片付く話だが、きりきり舞いさせられた落とし前を付けたかった。

その本人がセーフハウスに着く前に、捜査官らは、交代で食事を取った。テレビは、屋外に出るな、というおきまりのニュースしか流していない。

一方で、唯一放映される海外からのニュースは、東京湾に入った豪華客船の映像で、船尾から海面に落とされる死体袋の生々しい空撮映像まで流していた。

政府が訴えたいのは、要は、この疫病では死人が出るということなのだ。国内に対しては、その致死性を云々するようなことはせず、ただ御上の命ずることに従えと命じ、海外での状況を伝えて人民に警告を与える。うまい宣伝方法だと思った。

蘇警視の隣では、地元出身の秦卓凡《チィンチウオファン》二級警督（警部）が電話にがなり立てて、脅していた。

ピザの宅配を頼もうとしたら、昼間は繋がった電話が不通になっている。パトカーを派遣して調べさせたら、住民がみんな自宅に立て籠もっているせいで、注文が普段の一〇倍以上に達し、とても捌《さば》ききれないので店を閉めたということだった。

秦警部が電話を入れて、まず公安当局向けを最優先にせよ、続いて病院など公的機関に対応し、一般人相手の商売は全て断って構わない。あんたの好きにして良いから、とっととここにホカホカのピザと冷えた炭酸を届けろ！　でなきゃ、標高六千メートルのチベットの村で商売させてやるぞ！　とすごんだ。

「でも、お二人さん。疑問なのだけれど、ここってセーフハウスというからには、一応秘密の存在なのよね？　そんな所に、一般人には配達できないはずの宅配ピザのバイクが停まるのは拙いんじゃないの？」

パソコンの画面に張り付く科学院武漢病毒研究所・主任研究員の馬麗夢《マリーモン》博士が言った。

「それなら問題ありません。このセーフハウスは、もともと上海大学の学生を監視するために、わざわざキャンパスの近くに建てられた。学生にはとっくにばれていて、以前はデモもありました。嘘か本当か、みんなキャンパスから消えて、奥地の収容所送りになったという噂ですが」

パトカーに先導された装甲車が到着し、外階段を使って屋上へと案内される。武装警官隊は、マスクを二重にし、ゴーグルも装着していた。

屋上には、粗末なテーブルと椅子、容疑者を照らし出す眩しいスポットライト、そしてスピーカーとマイク、カメラが置いてあるのみ。容疑者から距離を取れる場所に、サブ・マシンガンを構えた武装警官二名が立っていた。

気の毒に、引き立てられた副支店長は後ろ手に手錠をさせられていた。警官がその手錠をいったん外し、テーブルに据え付けられた長い金属パイプに手錠を通してかけ直した。

三人は、階下の作戦室でその様子をモニターで見守っていた。

「こいつ、暴れたのか？……」

パンツ一丁でそこに座らされている。もし彼が感染していたら、裸の身体から出る汗でウイルスを撒き散らしたことになる。

「いえ、拘束した時は裸だったようです。ただ、口答えするとかで、公務執行妨害で逮捕したみたいですね」

と秦警部が説明した。

「副支店長、私の声が聞こえていたら頷いてくれ……」

蘇警視がマイクで話しかけたが、相手はわざと聞こえないふりをした。こいつは面倒なことになりそうだぞ……、と警部は思った。

「副支店長、君は非常に拙い立場にあることを理解して欲しい。君は、昨今報道されているウイルス・テロへの関与を疑われている」

「弁護士を同席させろ！」

突然、相手が大声で怒鳴った。年齢は四〇歳前後だろうか。その顔はゴルフ焼けしていた。

「それは無理だな。これは国家反逆罪に問われるケースだ。弁護士の同席は許可できない。さて、副支店長、頭を冷やして聞いてもらいたいのだが、もし君がこの事件に何らかの関与をしていることが判明したら、良くて終身刑、正直、死刑の可能性が高い。女房子供がいるだろう。老いた親の面倒も見なければならない。調べたところ、君の銀行口座には、不自然な入金があり、たぶん奥さんにも秘密の口座があるだろう。われわれはそれを全て暴き、もちろん口座を全額差し押さえることになる。君も若くはない。国家の恐ろしさは知っているだろう？　香港やウイグルで起こったことが、君個人一身に降りかかることになる。家族も無事では済まないぞ。さて、君はどうする？　君は、やり手の営業マンだそうじゃないか？　営業マンとしての損得勘定で考えてくれ。国家は往々にして非情だが、君たちが思うほど無慈悲でもない。君が交渉を望むなら応じよう」

相手はしばらく考えた後に、「交渉させる気があるなら、せめて顔くらい見せろ！」と要求した。

蘇警視は、「ちょっと行ってくる」と上着を羽織った。

「大丈夫ですか？」と警部が聞いた。

「ああ。こういう手合いは扱い慣れている」

外階段に出て、屋上へと上る。男が、スポットライトを眩しそうにしていたので、まずそのライトを消し、正面に座って自己紹介した。

「マスクも外すかね？」

「その必要は無い。俺は腕の良い営業マンだ。人の顔と名前は一瞬見れば覚える」

「それで、そちらの条件は何だね？」

「あんたは権限を持っているのか？」

「何しろ警視だからな。しかもただの警察じゃなく、国家保衛局だ。ここ上海で私に逆らえる人間はいないし、殺人事件の一つや二つはもみ消せる」

「口座の件だ。忘れろ、気付かなかったことにしろ」

「良いだろう。全く問題無い。われわれは君の懐事情や仕事の裏金なんぞに関心はない」

蘇警視は、あっさりと応じた。相手は一瞬、きょとんとした。

「それとも、国家主席がサインした紙切れでもいるかね？」

「いや、あんたの言葉だけで良い。あんたはたぶん、プライドが高い男だ。捜査だからと、その場限りの都合の良い嘘をつくのは、あんたのプライドが許さないはずだ」

「さすが営業マンだな。煽《おだ》て方も心得ている。われわれが何を知りたいのか知っているかね？」

「察しは付いている。どこかで、これはヤバイ案件じゃないかという疑いは持ったが、たぶんカネ余りのカルト宗教の人集めだろうくらいにしか思わなかった。二ヶ月前のことだった。ある大口の案件が持ち込まれた。やりとりは全てメール。電話ですら話したことはない。初取引で、金額も大きかったから、われわれは手付金を要求した。そうしたら、ふっかけたつもりだったが、向こうはこちらの言い値を振り込んできた。だから、それ以来、疑問は封印した。通販サイトの懸賞金が当たった一般人を、得意客としてツアーしたい。全国で、万人規模の国内旅行が発生するが、ついては上海市内の観光案内を、実績のある御社に依頼したいと……。断る理由はなかった。不審な点と言えば、添乗員は二名付けろとか、ふつうはこちらで手配する昼飯とかを向こうが指定してきたことだな」

「添乗員はなぜ二人必要なんだ？」

「後々の商売に差し支えるから、失礼があると拙い、気分良く上海を楽しんで帰ってもらいたいということだった」

「飯の手配というのは何だ？」

「マンダリン・オリエンタルだ。そこを指定してきた。この手の懸賞ツアーで使うには高級すぎる。カルト教団の信者勧誘でも高すぎるだろうと思った。それに、このホテルのボール・ルームはすでに押さえられた後で、それより狭い部屋しか無いが？　と質問したら、別に構わない。最高級ホテルでおもてなしするのが目的だと」

蘇警視は、顔には出さなかったが、内心ぞっとしていた。そのホテルのボール・ルームを押さえたのは政府で、当日、そこでは、豪華客船から上陸した国際会議団のメンバーに昼食を振る舞うことになっていたのだ。

接舷が阻止されて、その昼食会は取りやめになったわけだが、そうすると犯人グループは、会議団の行動予定を事前に把握していたことになる。

なぜそんなことが出来たのか理解に苦しんだ。

「客層に関しては？」

「ああ、昨日、その添乗員からの報告を聞いたんだが、軍の互助会の面子が多かったそうだ。基地の中にある小売部《PX》の店員さんたちだ。中には、アリババで買い物なんてしたことはないのに、なぜか自分はその懸賞に当たったという客もいたらしい。半信半疑だったが、何しろ旅費はタダだし、高速鉄道の一等客車で、ホテルもそれなり。一泊二日や二泊三日などコースも選べる。このチケットを無駄には出来ない、とみんな半信半疑ながら休みを取ったらしい。こういうニュースになって、添乗員にはもちろん、『他所で喋るな。客の素性は一切知らないことにしろ』と命じた」

「なあ、ひとつ疑問なんだが、お宅は大手だ。客船に乗っていた国際会議団の上海ツアーも請け負ったよな？」

「もちろん。詳しくは聞いてないが、それは法人部門ではなく、軍及び官業部門が請け負ったはずだ。政府主催の国際会議はうま味がある。国の面子が掛かっているから、それなりの金が下りてくる」

「そのマンダリンのボール・ルームでは、客船に乗っていた各国代表団を迎えての政府主催昼食会が用意されていた」

「ほう……。そりゃあまた驚くべき偶然だね」

「テロリストは、まず客船の中で、各国代表団を感染させ、隣の部屋で飯を喰っていたあんたの客に感染させて、全国の軍事基地にウイルスを広めようとしたということだな。ところで、この手の官製宴会の予定の情報は誰の耳にも入るのか？」

「いや、無理だね。特に軍が関わる宴会の情報を漏らすと、首が飛ぶ程度では済まない。ましてや政府主催となると、情報は担当者だけで回される。社内で隣の席に座っていても知ることはないだろう。うっかり情報が漏れたら、お宅らがすっ飛んできて、痛くもない腹を探られ、以降、軍や官の仕事は一切もらえなくなる。そんな危険は誰も冒さないだろう」

「テロ・グループは、どうやって二ヶ月以上前に、マンダリンで宴会があることを知ったんだろうな……」

「代理店から情報が漏れたことは疑う必要はないな。あれ、アラブのテロリストだろう？　そんな接点もない。思うに、参加国から漏れたんじゃないか？　俺の経験で言えば、そのスケジュールから三ヶ月前、つまり四半期前には、その各国政府に、スケジュール表が届けられたはずだ。何時に寄港し、観光地はどこを回り、食事はどこで取ってもらうとかの簡単なリストが配布されるはずだ。そこからテロ・グループに情報が漏れれば、二ヶ月前に接点のあるツアーは組めるだろう」

「なるほど。ありがとう、大いに参考になったよ。もう帰って良い。パトカーに送らせるよ。何か追加の質問があるかも知れないから、携帯は常に電源を入れておいてくれ。それだけが解放の条件だ。ご協力に感謝する」

蘇警視は、連行して来た警官に、手錠を外すよう命じた。

「彼が望む場所に送ってやれ」

副支店長殿は、少し意外な顔をしていた。

「心配するな。約束は守る」

蘇警視は、それだけ言うと、階下へとさっさと降りた。部屋に入る前に、マスクを交換し、両手をアルコール・スプレーで消毒した。

秦警部が、「まさか、本気じゃないですよね？　口座のことは忘れるなんて」と問うた。

蘇警視は、君は若いな……、という表情をした。

「なあ。あの男は、公安に引っ張られたというだけで会社を馘になる。たぶん愛人はふんだくれるだけの金をむしり取って男を捨てて若い愛人へと乗り換えるだろう。奴の家庭だって無事で済むとは思えない。彼は、これから身に覚えのない罰を受けることとなる。それで十分だろう。その口座にある裏金が、公金絡みのものでなければ、われわれがいちいち出る幕はない。放って置いたところで害はない」

「そういうものですか？」

「そうだ。公安捜査には優先順位がある。人民を締め上げるのがわれわれの仕事だと勘違いしている連中がいるが、俺は同意しないね」

「あらいやだ、私、惚れちゃったかも……」

と馬《マ》博士が頬を赤らめて言った。

「先生はネットに張り付いていて成果はありましたか？」

「残念ね。お宝は転がっていないわ。それより、軍に警告を発しないと？」

「もう手遅れですけどね。このツアーに、八一大楼《パアイータアロウ》、つまり北京の国防部の売店の売り子が参加していることがわかりました。帰宅したその足で土産ものを仲間に配りに出勤し、ついでに夜勤にも就いていた。もし、各国代表団から情報が漏れたとすれば、こんな大がかりな計画を実行できる国は二つしかない。ロシアにはそうする動機がない。われわれは同盟国だし、ウイルスはたちまち国境を越えてロシアに拡散するだろうからな。するとアメリカ、つまりＣＩＡによる工作でしょう」

「ＣＯＶＩＤ－19であんな犠牲を払ったのに？私は信じないわ」

「起こり得そうに無い、全ての要素を消去して、最後に残ったものが如何に奇妙な答えだったとしでも、それが真実となる……」

「ホームズの名言ね。これが科学なら、それは確実に証明できるわ。でも仮にそれがＣＩＡが巧妙に仕組んだ工作だったとしても、私がやることには変わりは無いわ。特効薬やワクチンを探し、同時に感染拡大を阻止する。お二人はお二人の仕事をして下さいな」

「これがＣＩＡの仕業なら、彼らはもうワクチンを開発して量産しているかも知れない。あるいは、決定的な治療法を確立した上での散布だとかは？」

「どちらもあり得ません。国民全員に行き渡るだけの量のワクチンを量産するには、膨大な予算と時間と人手が要ります。それは必ず投資家やメディアの注意を引く。漏洩無しにそれをやり遂げるのは不可能だし、もし特効薬や効果的な治療法を見付けた上でということなら、私が絶対に無いと断言するわ。そういう情報に日夜アンテナを張っている私の目をすり抜けて、そんな画期的な治療法をこっそりと開発するなんて無理です。


　ＣＯＶＩＤ-19以降、軍とわれわれ感染症研究者は、世界中の研究所や研究者の情報を網羅するシステムを組み上げました。世界にいる何万人もの、それなりの才能を持つ個人が、今どこでどんな研究に従事し、どんな成果を上げているのかを追尾するシステムです。もし、金がものをいうとわかれば、彼らをスカウトするし、何かの発見が論文に載れば、われわれはすぐ追試する。

　たとえば貴方たちは、アメリカ陸軍感染症医学研究所《ＵＳＡＭＲＩＩＤ》はどうなんだ？　と思うでしょう。軍の研究所の実態まで把握出来ているのかと？　実は出来ています。ここは、ＭＥＲＳウイルスに関して、最も研究熱心な研究所でもあるわ。なぜなら、米軍は中近東での活動が多いから、この病気は彼らにとって死活問題なのよ。そして、このUSAMRIIDは、実は日本の京都大学と共同で、MERSの抗体の研究を行っている。ここに来る前、私は政府の許可を得て、USAMRIIDの研究者と電話で話し、その後、メールのやりとりもしました。京大の研究に関してもおおよそ把握している。彼らがMERSのワクチンや特効薬を開発したという事実はない。あと一歩かも知れないけれど。それに、その手の陰謀は、いずれ誰かが告発するものよ。よくも悪しくもそれがアメリカという国だから。それが、私が辿り着いたシャーロック・ホームズ流の結論よ。そこに陰謀は無かった。ただ、テロがあっただけ」

「もちろん、研究者としての先生のご意見は尊重します。いずれにせよ、ことがCIA絡みなら、われわれに出番はない。それは、対外諜報部門の所管になるから。自分らはただ、国内の証拠固めを進めるのみです。メールを追いかけ、金の送金元を洗ううちに、いつかボロを出すでしょう」

「メールはサイバー班が追いかけます。金の流れは、上海支局の財務捜査班がすでに動いています。敵もその程度の捜査はお見通しでしょうが」

秦警部が二人の会話に発言した。やり手の公安捜査官と、やり手の感染症学者。この二人は、良いコンビだが、もし結婚でもしたら、どっちが日常の主導権を握るかで揉めそうだなと思った。

魚釣島――。

土門らは、巡航ミサイル攻撃が終わった後、台湾陸軍のヘリが周囲をぶんぶん飛び回って敵を牽制する中で、島の南側から北西端の陣地へと戻り、指揮所を再開した。水平線上にまだ微かに陽の名残はあったが、ジャングルの中の指揮所はうす暗く、赤い暗視照明が点っていた。

　島の東部山岳部には、福留分隊を残したまま、また中央部にも斥候を出していた。その斥候チームから、解放軍が再び前進を開始したという、ありがたくない情報がもたらされた。

　敵ミサイルの再攻撃に備えよ、という命令が東京から届いていたが、敵地上部隊が再度接近しているということは、当面、攻撃はないということだ。もし敵がたいした交戦もせずに撤退するとしたら、その時は再び巡航ミサイルによる攻撃があるということだろう。

　指揮所に、民間軍事会社部隊を率いて上陸した西銘悠紀夫《にしなゆきお》元二佐が現れた。

「阻止線はそれなりに張ってあるが、それは敵も承知の上のことだろう。ドローン攻撃はある程度、阻止出来るとして、敵を押し返す秘策が必要だ」

　土門は、待田がモニター類を復旧させるのを見守りながら話を聞いた。

「台湾軍の戦闘ヘリは、あと一回攻撃を仕掛けるだけの武器燃料しかない。こういう状況下だからと、台湾軍に物資補給は頼めない。本来、いてもらっちゃ困る客だからな。そうすると手持ちの武器で戦うしかないわけだが、敵を確実に撃退するとなると、六〇ミリ迫撃砲を撃ち尽くすしかないだろう。それで怯むかどうかはわからないが。虚仮威《こけおど》しに使える程度は持ち込んだつもりだ。しかし、ジャングルで夜間戦闘なんて馬鹿げているぞ。同士撃ちは起こるだろうし、負傷兵も探せやしない。なんで解放軍はそう急ぐんだろうな……」

「それが軍隊の仕事だからでしょう。さすがに、上陸して丸一日、たいした交戦もなく引きこもっていることに飽きたんでしょう」

「俺は飽きないけどな。ここは戦闘向きの地形でも地理でもない。じっと立て籠もって過ごすのが一番だ。兵力も向こうが上だし」

「砲で支援してもらえるなら、われわれだけで戦います。弾の融通くらいはお願いしますが、もし押し込められた所にまた巡航ミサイルを喰らったらどうします？　今度は防ぎ切れないかも知れない」

西銘の表情が、はっきりと険しくなった。

「次があるとしたら、数は何倍だろうな、一〇〇発とか二〇〇発とか。だが、ますます不思議なのは、そんな数のミサイルを撃ち込む予定があるはずなのに、どうして解放軍兵士は危険を冒すのか？　ということだ。俺が指揮官なら断る。こいつは、ミサイル攻撃はないということなのか、功を焦った指揮官が無闇に突撃しようとしているのかのどっちかだぞ」

「中国は、ここを自国領土だと思っている。兵隊が血を流して奪還して当たり前だと考えても不思議じゃない。領土を守るというのは、そういうことじゃないんですか？」

「そういう理念の話をしたところでな――」

「理念の話をして何が悪いんだ！」

西銘元二佐は、ついにブチ切れて声を張り上げた。

「つまらん！　愚にも付かん精神論で国が守れるか！」

「あんたには、そもそも国土防衛の精神すらないじゃないか？　俺はこの無人島のために死ねるぞ。そのつもりで部下を率いて来た！　ここで俺たちが全滅してみせれば、たとえこの島が敵の手に落ちても中共は無茶はすまい。太平洋の群島で、日本軍が次々と玉砕を繰り返して米軍の本土上陸を諦めさせたみたいに――」

「馬鹿馬鹿しい！　日本政府にこの島を守り切る覚悟があれば、今日まで無人島だったはずもない。

ここにいる俺たちはただの捨て駒だ！　米軍が出てくるまで、あるいは政府が戦略的忍耐なんて幻想を捨てて現実を受け入れるまで時間稼ぎするのが任務だ。命令は、島を守れじゃない。時間を稼げだ！――」

「すみません！　隊長。台湾軍の呉金福《ウージンフー》少佐と平《ピン》龍義《ロンイ》少佐がおみえです」

姜は、背後から割って入った。全く男って奴らは……、という表情をしていた。

「君は下がれ、西銘二佐」

「いや、自分も聞かせてもらいます！」

「そうか。北京語がわかるならいて構わんぞ」

土門が何喰わぬ顔で言うと、西銘は一瞬、反駁しかけたが、口を真一文字に結んで出て行った。

代わりに、海兵第99旅団情報参謀の呉金福少佐と、二機の戦闘ヘリを率いて飛んで来た台湾陸軍第601航空旅団・別名〝龍城部隊〟の第1中隊長・平龍義少佐が連れだって現れた。

「すみません。お取り込み中でなければ良かったのですが……」

「かまわない。みっともない所をお見せした。解放軍がまた攻めてくるようだ」

「はい。例の、われわれが直接連絡を取れない、山中に潜むフロッグマン兵士からも同様の情報がもたらされました」

と呉少佐が報告した。

「相変わらず、直接のやりとりは出来ないの？」

「申し訳ありません。本国には、不便だからなんとかしろと訴えているのですが……」

日本政府が全く察知しないまま、台湾軍は、この島に密かに海兵隊のフロッグマン部隊を上陸させて潜入訓練を繰り返していた。状況が発生した時も、たまたま二名のスナイパーが潜入訓練中で、部隊はそれで救われていたが、未だに無線連絡が出来ない。全て台北経由でやりとりしている。

台湾側の意図は明らかだった。ことが収まり、解放軍が全滅や撤退した時に、台湾軍も同時に引き揚げるが、その二人に関しては、「連絡が取れない」という形にして、また島内に留め置くためだろうと土門は判断していた。

「作戦はおありですか？」

「一応、歩兵が携帯できるサイズの迫撃砲を持参した。ドローンで着弾修正しつつ、島の南側から稜線越しに撃てる。それ以外は、敵のドローンの接近を阻止しつつ、ここ数日、増強した陣地に立て籠もって防御ラインを守るしかないだろう。これという確実なアイディアはない。解放軍は、また次のミサイル攻撃を準備しているだろうが、敵が攻めてくるということは、まだそのタイミングではないということだと理解している」

「なるほど。それで、そのフロッグマン部隊からの報告らしいのですが、敵は、島の北側のジャングル・キャノピーの下で、一大土木工事を展開し、この日中、こちらへ攻めてくるためのルートを啓開していた模様です」

呉少佐は、地形図に歩み寄った。

「東端の起点は不明ですが、恐らく西側は、この辺りまで来ているはずです。およそ二キロ。担架を担いだ兵士が早足で移動出来る程度の幅の行軍路をスコップや鉈《なた》で、山の斜面に作ったそうです。急傾斜地には、落下防止用の柵まで作り、沢越えの橋もあれば、ルート上には蛍光ロープが張られ、暗くなれば、暗視ゴーグルのない闇夜でも、サイリウムをぶら下げて道案内できるようしてあると」

「ああ。そういうことをやらせたら解放軍は得意だよね」

「そこで、平少佐の提案なのですが、ガーディアン戦闘ヘリで、攻撃のアイディアがあると」

自ら編隊長機を操縦してきた平少佐が一歩前に進み出た。

「われわれはもう一回戦するだけの武器と燃料しかありません。そこで、ハイドラ・ロケットで、敵の後方に仕掛けます。もう混戦模様になった後では、使い道もありませんから。同士撃ちになるだけです。等高線が立て込んでいる島の中央部のここと、ここ……、ここは、どこにルートを啓開したにせよ、場所は限られるので、上から見えなくとも当てずっぽうで攻撃してもその道周辺の樹木をなぎ倒すことが出来ます。前後の長さ一〇〇メートルくらいの樹木をなぎ倒して道を封鎖すれば、そこより西側にいる部隊は孤立することになる。いくら暗視ゴーグルやマグライトがあっても、そう容易く後退は出来なくなるでしょう。兵を動揺させることが出来ます」

「良いアイディアだと思うが、二点指摘したい。まず攻撃パターンだが、海岸線沿いに飛んで、海側から撃つとなると、海岸線付近に潜んで警戒している兵から、対空ミサイルを撃たれる危険がある。仮にその作戦が成功して退路を断たれたことを知った解放軍は、捨て身の攻撃に出てくる可能性もある」

「はい。将軍が仰る通りです。まず攻撃に関しては、南側から行います。山を盾に低空で接近し、一気に稜線上に出て、ロケット弾攻撃して、速やかに引き返します。捨て身の攻撃に関しては、もちろん敵はそうするでしょうが、第一に、将軍の部隊と、台湾軍の歩兵の数を足せば、それなりの数になり、撃退は可能です。同時にそれは、混戦状況になるということで、解放軍に味方を巻き込む意志がなければ、さらなるミサイル攻撃は出来ないということにもなります。そもそも、この暗がりで突撃を繰り返すのは物理的にも無理です。われわれはただ陣地に立て籠もって、迫る敵を狙撃すれば良いが、敵はそうはいかない。そんな中で、退路を断たれた不安に心を蹂躙されることになるでしょう」

「それで弾を使い切ったら、引き揚げた方が良いよね。ミサイル攻撃どころか、敵が迫撃砲でも撃ってきたら、機体が傷つくでしょう」

と土門はやんわりと撤退を求めた。

「そうしたいですが、まだ機関砲弾が残るので、歩兵の支援は出来ます。本国からは、武装を温存して留まるよう命令を受けておりますが、何もしないというわけにも行きませんから。出来ることはさせて下さい」

「了解した。気をつけてくれ。敵は君たちの攻撃にも備えているだろうから、あちこちに肩撃ち式の対空ミサイルで装備した歩兵を忍ばせているぞ。ローターが始動した途端、彼らはシーカーの電源を入れることだろう」

「承知しております」

二人が指揮所を出て行くと、土門は、「何か言いたいことでもあるか？」と姜三佐に問うた。

「いえ。国民としては、西銘さんに同意しますが、幹部自衛官としては、素直にハイとは言えませんね。少なくとも、われわれは、ここを死守せよとは命じられていない」

「そういうことだ。そういう命令が来ても従う必要は無いぞ。兵隊が死んで守れるものはない。さっさと投降して生き延び、虜囚となっても堂々と帰国し、われわれがいかに理不尽な命令を受けたかを告発すれば良い。それが戦死者への務めだ。迫撃砲分隊を配置に就かせろ。ガル！　NINOXドローンの出番だ――」

「はい、操縦者スタンバイ、射出用意します」

イスラエル製のNINOXドローンは、サイズが三種類あり、小さいものは擲弾発射基からすら射出できる。待田は、滞空時間六〇分の専用発射基タイプのドローンを海岸近くからリモコンで次々と発射した。

上空に上がると、ミサイル型のシリンダー形状の本体から、四本の腕が伸び、その腕の先端のプロペラが回転し始める。よほど接近しなければ、そのブレードが立てるノイズに気付くことは無かった。

操縦者がモニターの前に立ち、ゲームのコントローラーのような操縦装置を手に持った。

「妨害に備えつつ、控えのドローンの準備を急がせろ」

アパッチ・ガーディアン戦闘ヘリのエンジンが始動する。避難場所がないわけではない。この島に安全な場所はないが、ほんの七キロも離れていない北小島と南小島には、ヘリを運用するには理想的なフラットな地面もある。

もし、自衛隊が本格的に展開するとなったら、ここをヘリやドローンの運用拠点にすることになるだろう。

そのローター音は、解放軍にも聞こえていた。ただちに、肩撃ち式ミサイルを持つ防空班が迎撃準備を開始した。

平龍義《ピンロンイ》少佐が指揮する編隊長機と、藍志玲《ランチーリン》大尉が操縦する二番機は、魚釣島の山脈の南側斜面を高度を抑えて飛んだ。そうすることで、ローター音が山脈の反対側に伝わることを最小に出来る。

標高三六二メートルの奈良原岳の手前から、パワーに物言わせて一気に高度を上げ始めた。そして、高度四〇〇メートルで尾根を越えた途端、今度は俯角を取って目標を探す。

暗視ゴーグルを装着していたが、視界は酷い。ロングボウ・レーダーと照合しつつ、まず編隊長機が山肌を駆け下りながら七〇ミリ・ハイドラ・ロケット弾三八発を発射する。

鼠花火のように、ロケット弾が地上で炸裂を繰り返す。

続いて、二番機が全く同じエリアを狙ってロケット弾を発射する。ロケット弾は、土煙の中に吸い込まれて行く。

一番機が機首を南に振って脱出すると、すぐ左側を何かの閃光が走った。対空ミサイルだ。幸い、機体のすぐ横をすり抜けた。

藍大尉は、チャフ&フレアを発射しながら、機体を海側に倒した。その瞬間、背後から熱風を感じた。目の前が一瞬、真っ赤に燃え、激しい衝撃に全身が悲鳴を上げた。ありとあらゆるアラームが騒々しく鳴り始め、機体がくるくる回転し始める。

大尉は「まだ生きてる!」と叫びながら、機体をコントロールしようともがいた。システムがいくつもダウンし、機体の姿勢もわからない。唯一わかるのは、墜ちているというその落下の加速度だけだ。すとーんと落下している感じだった。

最後は、機首から北側斜面のどこかに突っ込んだ。ガーディアン・ヘリは、幸い押し潰されはしなかった。角度がきつい斜面に激突したことが幸いした。そのことで、衝撃が和らぎ、機体は押し潰されながらもコクピットだけは耐え続けた。これがアパッチ・ヘリの構造だ。

機体が動きを止めてしばらく、藍大尉は気を失っていたが、すぐ目を覚ました。前席射撃手《ガナー》の黄益全《ファンイーチエン》少尉に呼びかける。

「少尉! 少尉、大丈夫?」

返事は無かった。キャノピーのフレームが歪ん

でいる。自分が無事なことを確認するのにしばらく時間が掛かった。燃料の臭いが鼻を突く。航空ヘルメットを脱ぎ捨て、マグライトを点して、状態を確認しつつ、自分が負傷していないかを冷静に観察する。

「よし！　どこも折れていない……」

ハーネスを外し、キャノピーを軍靴で激しく蹴った。その衝撃で、黄少尉が目を覚ました。

「大尉はご無事ですか？」

「ええ、なんとか。痛みますね。それに胸が苦しい。体中があちこち悲鳴を上げているみたいだ……」

キャノピーがようやく外れて、大尉はまず地面を確認した。空を見上げる。斜面とは言え、林の中に墜落したらしい。マグライトを消して外に出る。急斜面で、何かの木の幹に機体が引っかかっている様子だった。

少尉の脱出を助けてやる。腕を上げた途端、少尉が呻いた。脱臼しているか折れているようだ。だが構わず引っ張り出した。

「まずここから離れましょう」

無線機、最小限の救命用装備を持って一瞬、その場に立つ。斜面が右へ下っているということは、味方がいる西は自分の正面だ……。少しでも味方に近づかなければならない。今の攻撃で、解放軍は頭に来ていることだろう。捕虜として正当な扱いを期待できるとは思えなかった。

「さあ、少尉、家族のもとに帰るわよ！」

一歩歩き出そうとした途端に、足下が滑って、転んだ。ここはどうやらそういう場所らしかった。泥だらけになり、土塊を嚙みながら、藍大尉は「生還して見せるわよ！」と唾を吐き捨てた。

土門も、ガーディアンの墜落には気付いていた。

ドローンはそれを捉えられなかったが、雲の下へと降りてきたスキャン・イーグルが、斜面を滑り落ちていく機影を捉えていた。土埃が舞ってしばらくは状況が見えなかったが、それが収まると、コクピットから脱出する二人のパイロットが一瞬見えた。

土門は、それだけ確認すると、スキャン・イーグルをすぐ雲の上へと上げさせた。生存者がいることを敵に悟らせないためだった。

すぐ、呉少佐が指揮所に上がって来た。

「わかっている少佐。まずパイロット二人は無事だ。脱出を確認した！」

土門は、その時の赤外線映像を再生して少佐に見せてやった。

「敵の背後ですね……」

「残念だがそうなる。敵はいずれ、この墜落地点へと向かうだろう。ミサイルが飛んで来たのは中腹からだ。墜落の場面も見えていて、生存者がいることにも直に気付くだろう」

「われわれは救出に行かねばなりません」

「うん……」

と土門は呻いた。

「だが、正面突破は難しいだろうな。ガル、ルートはあるか？」

「最短ルートは、いったん稜線上へと登り、敵主力を迂回して真っ直ぐ降りるルートですが、それは当然、敵も想定するでしょう。降りてくる所を、狙い撃ちされます。自分がパイロットなら、味方による救出は求めず、自らも脱出は諦めて、このジャングルの中で、腐葉土でも被って身を潜めます。二日でも三日でも」

「そんな余裕があれば良いがな、どうだろう少佐？」

「国民のアイドルです！　彼女を捕虜にはさせら

れないし、そんな過酷なサバイバルをさせることも出来ません。これはわれわれの問題です。自分らだけで救出に向かいます」

「いやいや、待ってくれ。もう少し慎重に考えよう。敵も今は、退路を絶たれて焦っているはずだ。迫撃弾の一斉攻撃で混乱させ、パイロットの捜索に向かう戦力を牽制はできると思う。どの道、この暗闇では、パイロットも身動きできないだろう」

「敵はそこにつけ込むはずです。敵は身動きできないから、ただ包囲すれば良いと」

「わかった。斬り込み隊を編成する。敵が包囲に動く前に、すでに山の上に潜む部隊を呼び戻して下ろさせよう。その部隊の交替は、別の部隊をすぐ上げさせれば、敵が東端から稜線上を登ってくることを阻止出来る。君たちは、われわれと同時に、斬り込み隊として、山裾を突破して敵を引き付ける」

土門は、そのルートを指先で地図上に辿った。

「望むところです。われわれがその一番危険な正面を受け持ちます！」

「こればかりは、お願いするしかないな。姜三佐、福留分隊に、直ちに引き返して、可能なら墜落地点に接近、パイロットの捜索に努めよ、と命じてくれ。交替の分隊をすぐ上げさせろ。ガルは、リザードにも命じろ。墜落地点を伝えて、そこは離れて良いから出来る援護をしろと」

待田と姜三佐が、同時に「了解！」と応じる。

これが何かの状況暗転のきっかけにならなきゃ良いが……、と土門は懸念した。

第七章　脱出行

雷炎《レイイエン》大佐は、頭の上から被った埃を払うと、口の中でぶつぶつ漏らした。口の中にまで埃が入ってくる。ロケット弾が撃ち込まれたのは、自分が移動しているこの場所から五〇〇メートル以上も後方のはずだったが、その爆風は、砂埃だけでなく硝煙の臭いまで運んで来た。

連続した爆発音に気付いていなければ、核攻撃でも喰らったのかと錯覚しただろうと思えるほどに強烈な攻撃だった。

しばらくすると、情報参謀の戴一智《タイイーチィ》中佐が現れた。今回は、副官も通信兵も引き連れていた。こちらは、泥だらけだった。

「大丈夫か？　中佐」

「はい。ちょっと、埋もれた兵士を掘り返していたもので。少なく見積もっても、一個小隊が全滅です。長安街の整備に当たっていた兵士らと全く連絡が取れません。巨大隕石が落下した跡みたいです。何もかもがなぎ倒されている。残った木々は、辛うじて幹が残っている状態です。ただ、良い知らせもある。攻撃した台湾軍のガーディアン戦闘ヘリを一機撃墜しました。しかも、斥候班の報告では、パイロットは脱出したそうです。これから捕縛部隊を編成して向かわせます」

「何の為に？　それはわれわれの作戦の一部なの

か?」

「敵がいることがわかったら、捕まえにいくのは当たり前でしょう。しかも、味方を大勢殺した奴らですよ?」

中佐は、この上官は何を訳のわからんことを言っているんだ? という態度だった。

「それが戦争だろう? 作戦参謀は私だ。そんなくだらんことに兵を割くことは許さないぞ。馬鹿馬鹿しい!」

しばらくすると、状況を観察しに、最前線に出ていた宋勤《ソンチン》中佐も戻って来た。

雷炎が口を開く前に、戴中佐が状況を報告した。

「つまり、われわれは退路を断たれたわけだな?」

「はい。この暗闇では、いくら暗視ゴーグルを装備しているからといって、山側を退却するのは無理です。ほとんど崖を登って降りることになる。負傷兵も運べない」

「いずれにしても、いざミサイル攻撃の時間帯になっても、安全な場所まで撤退できれば問題はないと見るが?」

「はい。下がった所に爆撃でもされなければですね」

「そんなことより」と戴中佐が戦闘ヘリ墜落の話を始めた。

「宋中佐は、当然、自分の味方をして下さいますよね?」

「そんな兵力の余裕はないぞ? 暗いとは言え、長安街の復旧もしなきゃならないのに。だいたいこのジャングルの中で、どうやって見付けるんだ? 昼間ですら難しいというのに。君らいったい、何回、突然藪から出て来た山羊に踊らされたと思っているんだ?」

「反対なさるのですか?」

「いや、反対とは言わないけどさ。それは作戦参謀たる雷大佐の裁量だろう。自分がどうこう言うつもりはない」

「わかった。一個小隊だけ出そう！」

と雷大佐はあっさりと折れた。

「どうせここは、われわれが占領している。前進ルート上ではないが、捜索しているふりはしても良いよ。それで士気が上がるならな。だが、一番優秀な部隊を充てるんじゃないぞ。無理に捕まえる必要も無い。向こうだってピストルくらいは持っているだろうし」

「射殺は構いませんよね！」

「相手はパイロットだろう？」

「でもピストルでも撃って来たら撃ち返すしか無いでしょう。身を守るために。もちろん、後でテレビに出して、大陸同胞を殺戮したことの懺悔はさせたいですが」

「適当にやってくれ。そんなにはしゃぐようなことかね？」

「士気が上がりますよ！　それは明確な目的だし、仇討ちだし」

雷大佐は、暗がりの中で、宋中佐を見遣った。

「まあ、六割くらいは同意しますね。簡単な任務で、成功すれば確実に士気が上がります。兵に余裕はないが、やる価値はあるでしょう。今のロケット弾攻撃で、兵の間に動揺が拡がっています。撃墜したパイロットを捕縛する部隊を編成したと伝えれば、確実に士気は上がると見ますが……」

「わかったわかった。まあ、私が反対したところで、どうせ参謀長がやいのやいの言ってくるだろうしな。だが、敵の救出部隊も動き出すことを忘れないでくれよ。戦線が拡大するのは好ましくない」

前方で、何かが爆発する音がした。しばらくすると、一斉に爆発音が響いてくる。着弾修正した後の一斉砲撃だ。

最前線の辺りだ。

「たぶん、六〇ミリ迫撃砲ですね。M224だ。空挺が持ち運ぶ。威力は知れているが……」

と宋中佐が言いよどんだ。ロケット弾に続いてこれでは、という状況だ。

「うちの迫撃砲は？」

「陸軍部隊と一緒に海に沈みました。もともと、東沙島攻略には必要無かったですし」

と戴中佐が答えた。

「その代わり、われわれには大陸から飛んで来る巡航ミサイルがありますよ！」

「必要な時に、撃ち込める場所に飛んで来なきゃ話にならんよ。犠牲が出なきゃ良いが」

結局、一〇〇発からの迫撃弾が稜線の向こうから撃ち込まれた。兵士はただ身体をすくめて耐えるしかなかった。四名が戦死し、破片での重軽傷者が二〇名も出た。治療の術の無い兵士を楽にしてやる銃声が、しばらく鳴り響いた。

「確かに。この状況下では、気分を変えるイベントも必要だな……」

「しかし、気がかりですね。着弾修正は極めて精確だった。敵のドローンが自由に飛び回っている。こちらにドローン・ディフェンダーの類いは……」

「それも陸軍と一緒に沈んだか？」

「同じ答えを繰り返しますが、東沙島では必要なかった。でも何基かは持ち込めたはずです。視界が開けていないと、あれの使用は難しい」

「自分は前線に戻ります。負傷兵の後送を考えて、前線を立て直さないと」

「私はどうすれば良いんだ？　もう指揮所には戻れないぞ」

と雷は途方にくれた顔で言った。

「ここは、ロケット弾攻撃を受けた場所と最前線からもちょうど良い距離に離れている。この辺りに前線指揮所を設けることを提案します。どうかな？　情報参謀は」

「同意します。もう少し、敵に近い場所が望ましいが、この敵の攻撃力は侮れない。この辺りが妥当でしょう。自分は、宋中佐に同行して前線視察した後に、ここまで戻って来ます。大佐は、救護所を設営しておいて下さい！」

「そういうことなら、私向きの仕事だな」

二人が連れ立って前方へと小走りに消えていく。情報参謀も宋中佐も、どこか生き生きしているように見えて、雷大佐は嫌な気分になった。二人は、戦場が過酷になるほど闘志が燃える性格なのだろう。軍人には向いているのだろうが、自分は明らかに違う。勝敗などどうでも良いから、さっさとこの島から逃げ出したかった。

何の戦略的価値もない無人島だ。ここで生活できるわけでもなければ、台湾に対して、何かの重しになるわけでも無い。ここを占領できたからといって、太平洋に自由に出入り出来るわけでもない。中国と日本が、どうしてこんな無価値な小島のために血を流して殺し合っているのか、自分には全く理解出来なかった。


リザードこと田口芯太《たぐちしんた》二曹と、ヤンバルこと比嘉博実《ひがひろみ》三曹は、ギリースーツを身に纏ったまま、鞍部の木陰に身を潜めていた。身動きして状況を確認するために、安全な場所を探して移動した後でのことだった。ここからは、下の様子は見えないが、逆に下からも覗かれずに済む。

「大丈夫なのか？」

「何がです？」

「お前さ、この島に上陸してからずっと怯えているじゃないか？」

「そうですか……。いやそうかもなあ。中学の頃、石垣から引き揚げて来た奴がいたんです。そいつが、作文大会か何かで、ここでの遭難事件のことを書いたんです。ジジババから聞いた話で、次から次へと、一人、また一人と死んで行く。怪我で死に、毒の実を食べて死に、衰弱で死に。あれは本島の地獄とはまた別の悲惨な戦争だった。きっと、出ますよ、ここ……」

「ただの無人島だ。山羊以外、何も出やしないよ。なあおい、出撃前に、アイガーに相談したんだが、この右手の尾根に出れば、東西をかなり広範囲に見渡せる。西側からは登ってこられるが、東側はほとんど崖だ。稜線に陣取れば、遭難者の発見は無理でも、そこそこ援護は出来るだろう」

「良いんじゃ無いですか？　それより、例の海兵隊フロッグマンと遭遇しないのは変だと思いませんか？　相手、新兵訓練ですよね？」

「バディとして付いている教官役がよほど優秀なんだろう。足跡一つ残さずに移動している。腕が良いのは事実だな。癪だが、たぶん、向こうは俺たちに気付いているはずだ」

「うちもこっそりと陸兵を潜入させとけば良かったんですよ」

「こんな無人島に潜水艦でこっそり上陸して、潜水艦で物資補給するのか？　国家としてのプライドが許さないだろう。自国領土で国有地なのに。その事実が暴露されたら、与党の憂国議員連中も騒ぐぞ。なんでこそこそとそんなことをやるんだ。自分の領土だというなら堂々とやれと。だいたいさ、そういう羽目になったら、ここに潜入させられるのは俺たちだぞ？　毎日、山羊の尻をスコープで追いかけて過ごしたいか？　お前は幽霊に怯えているし。よし、移動しよう！　難所はここと……、ここか。地形的に無理は無いが、しばらく下からまる見えになる。撃とうと思えば撃てる距離だ」

すでに銃は仕舞って背中に担いでいた。この島での移動は、基本山登りだ。どんなに高度が低くても、求められるのは登山のスキルだった。

二人は、ガレ場の鞍部を、音を立てないようゆっくりと登り始めた。ここを監視しているドローンや人間が双眼鏡で見ても、それが風に揺れる立ち木にしかみえないような、独特の歩き方だった。ギリースーツを着た男二人は、そこだけ切り抜きすると、イエティか何かの謎の雪男だったが、両手が肩から離れることもなく、立ち止まれば、ただの灌木だった。二人とも、そういう独特な移動方法を身につけていた。はたから見ると、パントマイムのようだった。

藍志玲《ランチーリン》大尉と黄益全《ファンイーチェン》少尉は、機体から離れた後、少し山を下った。本当は登りたかったが、黄少尉はそんな体調では無かったし、そもそも暗視ゴーグルやライトもなしに夜間に登れる山では無かった。

二人は、イヌマキの木の陰に腰を下ろして休んでいた。イヌマキは日本では生け垣になるほど、根元から葉が茂る。身を隠すには良い灌木だった。

黄少尉が辛そうにしているのが心配だった。熱は無いが、明らかに骨折していた。左肩脱臼、肋骨を何本か折っている。内臓に損傷でもあったら、ここでは助からない。

かと言って、敵に投降もできない。解放軍は制空権を持っているわけではないから、ヘリで後送してもらえるわけにもいかない。見つかるなら、味方に救出してもらうしか無い。

　二人は、囁くような小声で喋っていた。

「どう、お父さん？」

「そのお父さんは止めて下さいよ。父親呼ばわりするなら、ひとつ自分の頼みを聞いてもらえませんか？　自分を置いて、脱出して下さい。山の上は味方が抑えている。自衛隊に助けてもらえますよ」

「それも考えたけれど、まあ無理よ。そもそも昼間ですら、素人が登れるような斜面じゃないわ。この暗闇では、滑って転んで酷い怪我をするのが落ちだし。それに、半年前、私、奥さんに約束したの。何かあったら、必ず旦那を連れ帰ってくれと頼まれた。私は真顔で『もちろんよ！』と答えるしかなかったわ」

「いつのことです？　ああ、飛行隊長主催のバーベキュー・パーティでですか。あいつ余計なことを言いやがって。でも、娘は、大尉に抱きかかえられて座ったコクピットの写真を保育園で見せて自慢していたそうですよ。大きくなったら、フライトスーツを着て藍志玲になるんだそうです」

「それじゃ、ますます生きて還るしかないわね。実は今朝、平《ピン》少佐と、撃墜時の手順をあれこれ話し合ったのよ。何だったっけかな……。あそうそう、敵が無線傍受して位置特定するかも知れないから、こちらから呼びかけても、滅多に応答はするなとか、兵力差を考えれば、無闇に逃げ回るのは良い考えじゃ無い。どこか暗がりを見付けて、枯れ葉を被って、その姿勢のまま二日でも三日でも耐え抜け。もし島が敵に占領されたと判断したら、闇夜に移動して、海に入れと。無事黒潮に乗れば、どこかで日本に発見してもらえるかもしれないと」

「それ、最悪なアイディアですね……」

「ええ。私も同感よ。もう一つ、山越えして、東側の崖を転がり降りて南斜面の海岸に出れば、そっちに敵はいない。逆に、日本の軍艦なり海保が見張っているだろうから、発煙筒を焚けば救助が呼べると。こっちも非現実だわよね。本当に切り立った崖続きだから」

「じゃあ、土の中に潜って、枯れ葉を被りますか?」

「絶対にご免よ!　軍のサバイバル訓練で似たようなことをやらされたけれど、あの時の訓練教官たら、わざとミミズやゴキブリを這わせた場所に『寝ろ!』と命ずるのよ。一生許さないわ。一緒に訓練を受けた同期は、飛行服の中にゴキブリが入って来て、滑稽なほど飛び跳ねる羽目になった。いくら何でも、あの訓練に感謝するような結末だけはご免よ」

突然、下から怒鳴り声が聞こえて来た。何かを見付けた!　と怒鳴っている。

「私たち、機体からどのくらい離れられたかしら」

「五〇メートルくらいじゃないですか?」

「まさか。二〇〇メートルは移動したわよ」

「ここまで油の臭いが漂って来るんですよ。そんなに離れられたはずはない」

「じゃあ、中間を取って一〇〇メートルだとしましょう」

「はい。残念だが大尉。今こそ、枯れ枝を被って身を隠す時のようだ」

枯れ枝を踏み折る音が響いてくる。敵は確実に近づいていた。ピストルを出して戦うのは得策では無い。ここは、地面に横たわり枯れ葉を被って隠れるしかない。しかもその地面は、終日降り注いだ雨で十分過ぎるほど水を含んだままなのだ。

この戦争が終わったら軍を辞めて、報道ヘリのパイロットにでもなろうと藍は思った。マイクを握ってリポートも出来るヘリ・パイロットだ。普段はミニスカートをひらひらさせて、夏場は、水着姿での操縦とかしたら、視聴率を爆上げできるかもしれない！

二人は、湿った土に横たわり、周囲の枯れ枝や葉をかき集めて偽装した。それが、軍のアイドル、陸軍の広告塔にして、戦闘ヘリ・パイロットの藍志玲が置かれた過酷な現実だった。

台湾中部太平洋側に位置する花蓮飛行場でも動きがあった。尖閣への巡航ミサイル攻撃が終わった後、この空域はしばらく静かになった。

第５戦術戦闘航空団第17飛行隊を率いる劉建《リウジエン》宏《ホン》空軍中佐は、地下指揮所の後ろで、パイプ椅子に座ったまま鼾《いびき》を掻いていた。

第５戦術航空団を指揮する李彦《リーイエン》空軍少将が肩を叩いて起こした。

「中佐、睡眠の質を落とすと疲労が溜まるだけだぞ。ちゃんと寝ろ。しばらくは攻撃はない」

「しばらくって、あと何時間ですか？」

と中佐は立ち上がった。

「最低三時間は何も無いだろう。釣魚島で解放軍が攻勢を仕掛けてきたらしい。連中がこのまま押し切れば、ミサイル攻撃はない。だがそれはあり得ないだろうから、次のミサイル攻撃が行われる寸前に、解放軍はいったん退くだろう。その時はまた、解放軍は戦闘機の大部隊を繰り出して来る。そうすれば再び君の部隊が活躍することになる。撃墜マークを増やすチャンスだ」

「午後の敵は、備えてなかった。だからわれわれがワンサイド・ゲームに持ち込めた。次は違うでしょう。条件はますます厳しくなる一方だ」

「実は厄介事が増えた。陸軍のアイドルが、釣魚島で墜落して、今逃げ回っているらしい」

「アイドル？　何のことですか？」

「ほら、戦闘ヘリのパイロットという設定のグラビア・アイドルの大尉殿がいただろう？」

「ああ。ええ、でもあれ、階級自体が架空の設定でしょう？　新兵募集用の」

「知らんよ。だがうちにも、新兵募集用の戦闘機パイロットはいるだろう。美人だとかいう」

少将は、自分の部下のことなのに他人事のように言った。

「うちのはきちんと軍学校を出たれっきとした戦闘機パイロットですよ。でも水着になんかなりゃしないでしょう。少なくとも自分は、そんな目で部下を見たことはありません」

「外からのノイズはあるぞ。なんで空軍は脱がないんだ？　と」

中佐は目を白黒させて驚いた。

「本当ですか！　そんなの聞いたことがない」

「そりゃ、陸軍の戦闘ヘリ・パイロットが、ぱっつんぱっつんのナイス・バディを披露しているのに、なんで空軍の女戦闘機パイロットは脱がないんだ？　と言ってくる奴らはいるさ。それが世間てもんだ」

「それ、命令として本人に言えますか？　愛国心があるならお国のために脱げ！　と」

「なんでこんな話をしているんだか……。とにかく、そのグラビア・アイドルは本物の大尉殿で、しかも腕も良いらしい。釣魚島に飛んで行って、それなりの活躍をして最後に撃墜された。無事らしいが、周囲を解放軍に包囲されている。自衛隊と海兵隊が共同で救出作戦に動いているが、いざという時、地上の敵を一掃するために、爆装の用意をした機体を何機か待機させろという命令だ。これは、総統府から出た命令だ」

「わかりました。爆装機体と護衛機を用意し、地勢を勉強し、直ちに地図を作って命令に備えます。総統府は、最初から、われわれに爆撃命令を出してくれれば良かったんですよ」

「そこは同感だな。総統府からもう一つ。その飛行隊には、ぜひ女性パイロットを選抜しろとのことだ。バカらしいとかいうなよ。これが政治と宣伝というものだ。ニュースを陸軍に独占されたくなければ、女性パイロットを参加させろと」

「うちのパイロットはグラビアはやりませんが、優秀ですから、そっちは問題ありません。本人には、適当に説明しておきます。セクハラ部分を薄めて」

「そうしてくれ。この戦争が終わったら、われわれ空軍も、グラビアも出来る歌って踊れるパイロットを養成しなきゃな」

少将は、うんざりした顔で言いながら指揮官席に上って腰を下ろした。

土門は、西銘に呼び出されて民間軍事会社の指揮所へと顔を出した。そこの方が、前線に一〇分は近かった。巡航ミサイルが降り注いだら、この辺りは草木一本残らないだろう。

呉少佐が訪れ、西銘と英語で話していた。

「本国から言ってきました。例の潜入中のフロッグマンの情報です。われわれは長いこと、この島への潜入訓練を繰り広げてきたわけですが、一番初めに設営した拠点があります。縦穴だそうです。あまり居心地は良くなかったので、放棄され、その後しばらく物資置き場として使われたそうです」

「穴を掘ったの？　この島で、穴を掘れるほどの地層がある場所は限られるよね？」

と土門が聞いた。

「はい。たぶん、昔の川筋で、長年土砂堆積した場所だろうと思われます。この辺りだとのことです……」

呉少佐は、指で指し示した。

「うーん、墜落地点からだいぶ離れているよね？　しかもそこは、まだ埋もれていず、空間があって、墜落したパイロット二人がこんな暗がりに辿り着ける場所なの？」

「埋もれているか否かに関しては、この訓練を主導した連中は、無事だと太鼓判を押しています。よほどの土石流でも発生していなければ、ちょっとやそっとの風雨では埋もれないように作ってある。ただし、それが昼間だろうと、場所を知らない人間が発見するのは無理だと。一メートル横を通っても絶対に気づけないと、妙な太鼓判を押したそうです。そこで、この山中のどこかに居るフロッグマン二名が、パイロットを回収すべく向かっています。リーダーは、初期の頃から何度かそこを利用しており、彼しか案内は出来ない。パイロットと合流した後、いったんその拠点に避難して敵をやり過ごし、安全になってから回収なり、脱出するというアイディアです」

「それしかないなら、やるしかないな……」

「われわれは全面協力する。助けてもらった恩は、必ず返す！　たとえ犠牲を払おうとも」

と西銘が発言した。

「感謝します。パイロット二名には、暗号符牒を使って、向かうべき方角を伝えてあります。返事はありませんが、生きていると信じています。われわれは、その間、敵の注意をこちらに惹き付けて前進します。ドローンの支援をいただけますか？」

「もちろんだ。問題ないよ」

　地図上では、たいした距離では無い。だがそこはすでに敵が動き回っているし、何よりこの山だ。踏み外せば転げ落ちるような急斜面を横切りつつ移動しなければならないのだ。自分たち、山岳訓練をこなすベテランでも、夜となると条件が格段に悪くなる。パイロットが無事に脱出できるとは土門には思えなかった。

　藍志玲《ランチーリン》大尉は、機上でマップを確認するために使う単四一本のペンライトを口に咥え、符牒表を開いてその暗号無線を解読した。それから、地図上の座標と照らし合わせる。

　酷い冗談だと思った。等高線が立て込み、崖のマークがある場所の東側だ。ここを通るには、山側へ登って遠回りするか、海側に下るしか無い。山側は無理そうだし、当然海側には、解放軍が待ち構えている。

　黄少尉は、敵をやり過ごしている間に、フェンタニル・キャンディを舐めていた。少し呼吸が楽になったように大尉には見えた。

「お父さん、行ける？」

「ええ。足手まといにならないよう頑張りますよ」

「じゃあ、行きましょう。ただし、三メートルくらい進んでは止まる感じが良いかしら。崖の近くまで行って、登れるか、海側へ降りるか観察しましょう。一歩踏み出すときは、必ず三六〇度見回して」

「編隊長機は、無事に帰還しましたよね？　だとしたら、機関砲弾はまだ残っている」

「でもそれ、私たちの頭上にも降り注ぐということよ？」

「赤外線フラッシュライトがあったはずです」

「敵からもまる見えになるわ。いざ包囲されたら、使うしか無いだろうけれど。直接、戦闘ヘリとは連絡は取れない。でも、フラッシュライトを避けて撃つくらいの察しはつくわよね。うちの中隊長殿なら。そこまで追い込まれずに脱出したいけれど」

遠くから、銃声が聞こえて来る。アサルトライフルの銃声だ。ついに両軍が接触したのだ。自分たちを救出するための無茶な突撃で無ければ良いが。でも早く助けに来て欲しい！　それが大尉の本音だった。

横田基地の総隊司令部エイビス・ルームでは、部屋の灯りを落とし、プロジェクターにモノクロの赤外線偵察画像が映し出されていた。

三本のキャニスターを斜めに搭載したトラックが、横一列に並んでいる。ものは中国版トマホーク・ミサイルと呼ばれるCJ−10巡航ミサイルだった。

「これさ、午後の攻撃に使われたYJ−18とどこが違うの？」

と羽布一佐が聞いた。

「元になったロシア製ミサイルの開発時期は同じです。両者とも同じく、後には対艦ミサイル攻撃能力も持った。違いは、航続距離くらいかしら。何しろ中露とも、似たような系譜と性能を量産するのが好きな国だから」

それらの情報を拾って分析するのが本業の喜多川二佐が説明した。そこに映し出されているのは、委託した民間衛星が撮影した最新の〝ホット〟な写真だった。

防衛省が保有する偵察衛星ではリアルタイムな監視は無理だ。そこで、民間衛星とも協力している。国民には秘密だが、その解像度は、民間衛星の方が優れている。

民間衛星市場は常に激しい競争に晒され、毎年のように新しい衛星が打ち上げられるが、官製の衛星はそうは行かない。五年、一〇年前の枯れた技術で作られた衛星が上がり、何年も運用して元を取ることになる。少なくとも日本が持つスパイ衛星が、民間のそれの性能を上回ったことは一度も無かった。

地上の台地状に見える空き地で、前列後列にそれぞれ一〇台。後ろにはさらに予備の弾頭を搭載したトラックと、それを発射基に乗せるためのクレーン車が待機していた。

「これを今すぐ、爆撃して叩ければなぁ……。沿岸部から一〇〇キロも離れているんだって?」

「ここはそうですね。もっと、五〇〇キロ奥で展開している部隊もあるはずで、沿岸部の発射基だけ潰しても飽和攻撃は阻止出来ません」

「これ、一〇〇発とか二〇〇発とかで済むのか?」

「ここに集まっている全基が発射されるとは思えませんが。それなりの数だろうとは思いますが」

「いつ撃たれる?」

「少なくとも明け方ということはないでしょう。兵隊はさっさと仕事を片付けて隊舎に引き揚げたいはずです。でないと息子が週末、親に電話をかけて報告し、親は週明け、上官に抗議の電話をかけてきますから。軍隊といえども労働法を守れ！　うちの大事な一人息子に徹夜勤務をさせるなと」

「あの国はそんなものか……」

「それに、魚釣島ではようやく部隊同士が接触したばかりです。交戦中に引き揚げるのは難しいでしょう」

「イージス艦隊はともかく、戦闘機部隊はそう長くは待てないぞ。燃料は減り、パイロットも疲弊する。海自のイージス艦はまだ秘匿できている

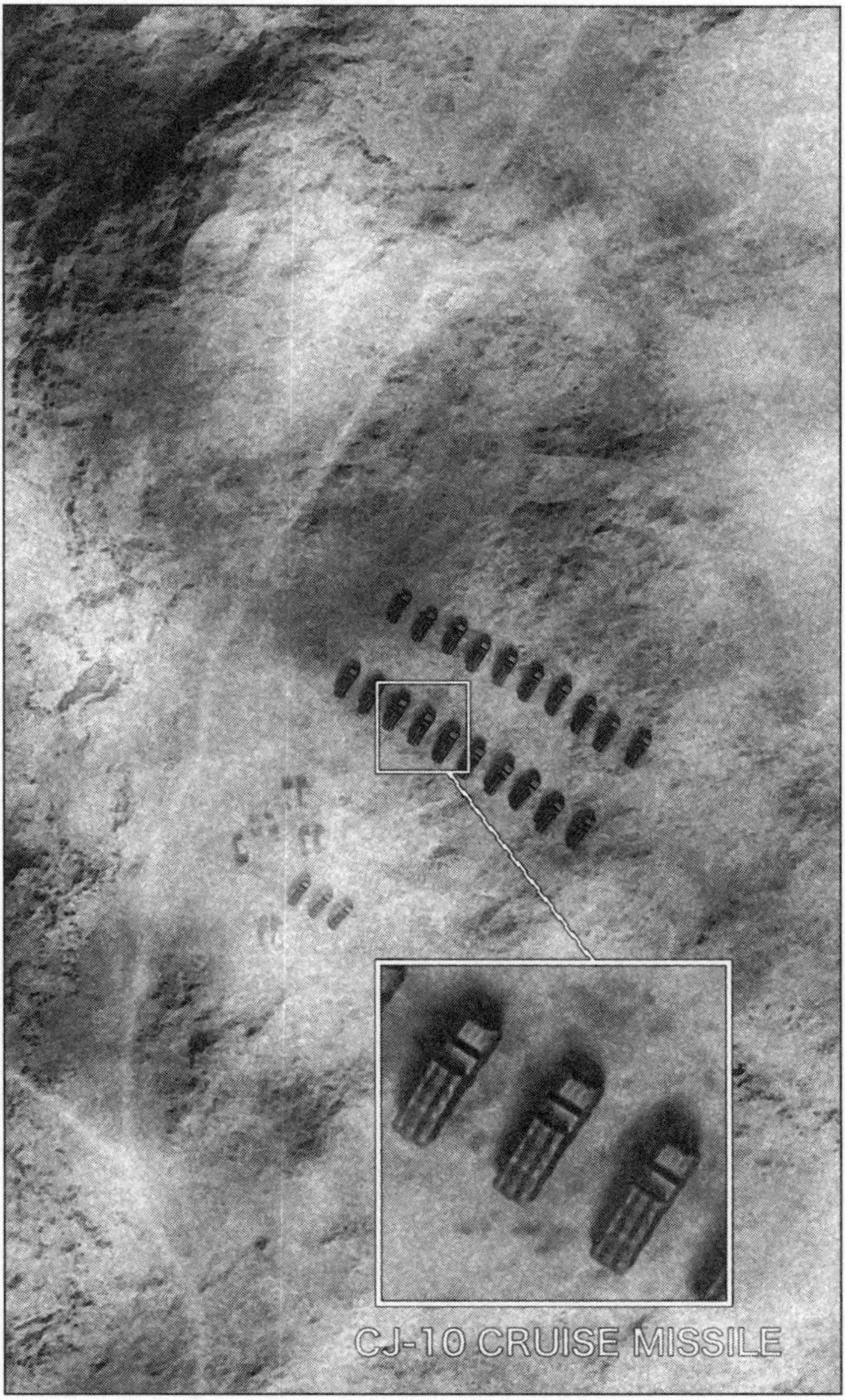
CJ-10 CRUISE MISSILE

の？」

　振られた福原二佐が、「問題ありません」と暗闇で応じた。

「まだ秘匿行動中です。発見された形跡はありません。乗組員はたぶん、緊張はしているでしょうが、それなりに休息は取れているはずです。それが食住同じの軍艦の強みですから」

「こういう時ばかりは、そういう生活が羨ましいな……。いや、われわれは家に帰れば、自宅がミサイル攻撃を食らうことはない。軍艦はそうはいかんな。二四時間、撃沈される危険に怯えながら寝るなんて耐えられそうに無い。前言撤回だ」

　新庄一尉が戻って来て着席する。

「朗報です！　台湾空軍の協力が得られるそうです。いろいろ条件はありますが、参加するということです」

「条件て何？」

　新庄は、書き留めたメモ用紙を開いた。

「台湾本土への攻撃が無い場合、味方戦闘機で迎撃できるコースを巡航ミサイルが取った場合、この二点だそうです。何しろ、今、撃墜されたパイロットを救出するために、日台合同作戦が進行中ですから、黙殺は拙いということでしょう」

「われわれが言うのも何だが、たかがパイロットの一人二人を救出するために、そんな危険なことをする必要があるのかね？　いや陸自がどういう作戦を展開しているのか聞いてないけどさ」

　陸幕防衛部の竹義則二佐は、「自分も聞いてておりませんが、噂では、絶対、捕虜にしてはならないパイロットだそうです。誰か政治家の息子とか、そういう話かも知れません」

「あら、陸自はご存じ無いの？」

　と喜多川が怪訝そうに言った。

「あそこで撃墜されたのは、陸軍の人寄せパンダとして、グラビア雑誌等に出ていた女性パイロットです。本人が強く志願したらしいですが、軍としても、国民の士気を上げるために彼女を派遣したらしいです」

「グラビア？　なんで君がそんなこと知っているの？」

「そういう下らない情報を取ってくるのも仕事ですから。米軍情報です。米軍の将校さんとは、それなりに仲良くしていますから」

「へえ。美人なの？　あ済まん。どうでも良いことだ。でも台湾空軍もさ、結構な美人パイロット揃いだよね」

「えー！　それ問題発言ですよ。班長――」

　と新庄が抗議した。

「それじゃいかにも、空自の戦闘機パイロットには美人はいないみたいに聞こえるじゃないですか？」

「済まん！　そういうニュアンスではなかったんだが、この話は止めだ。弁解すればするほどドツボにはまる。全部無かったことにしてくれ。睡眠不足と疲労で、頭が動いていない。俺はマイホーム・パパの愛妻家で、もちろんセクハラもパワハラもしない。さて問題は、発射されるのは何発で、台湾は内、何発を引き受けてくれるかだな」

　プロジェクターが消されて部屋の灯りが戻ると、事実、羽布は疲れ切った表情だった。

　そして新庄は真顔で「酷いですよね？」と隣の喜多川に同意を求めた。

「良いじゃないの。美人だなんだ言っている方が、男は可愛いわよ……。私、アンチ・フェミですから、構わないわ」

　喜多川はしれっとした顔で応じた。第5空軍が嘉手納の部隊を上げてくれるなら、横田基地の米軍将校全員と寝ても構わないとすら喜多川は思っていた。戦争は勝ってなんぼ、女の武器は使ってこそだ……。

リザード&ヤンバル組は、痩せ尾根のピークを下っていた。歩ける幅は三〇センチもない。長年の浸食で、尾根の岩部分だけが残ったのだ。まるで屏風の上を歩いているような感じだ。そこもまだ浸食が続いているが、歩けないほどでは無い。右側は切り立った崖。左側は斜度七〇度ほどだ。植生があり、枝葉は尾根の上まで伸びている。それに隠れて移動していた。

アイガーなら飛び跳ねて移動するだろうが、この夜間に歩くのはリスキーな行為だった。ほとんどエッジと言って良かった。エッジの途中に一メートルほどの窪みが出来ている。

田口と比嘉は、そこに跨がるように腰を下ろしていた。万一に備えて、クラックにカムを突っ込んで、落下防止のビレイを確保した。それらの作業を赤外線カムフラージュ効果を持つギリースーツを被ったままやってのけた。

二人は、タンデムで前後に腰を下ろしていた。

「アイガーなら喜んでやるんだろうけどな……」

と比嘉がぼやいた。

田口は、無線で指揮所を呼び出した。

「ガル、リザードよりガル。ドローンが余っているか？　こっちで使いたい」

「NINOX40しかない。こっちからはコントロールできないし、四〇分くらいしか飛べないぞ」

「それで十分だ。コントロール・ユニットはこっちにも一つある。ここまで飛ばしてくれれば良い」

「了解。すぐ打ち上げる」

下では、北西側下方でどんぱちが始まっていた。時々曳光弾が夜空に走る。全てアサルトライフルのものだ。双方一〇名前後が撃ち合っているように見えるが、味方の火点は見えなかった。そもそも土門の部隊は、曳光弾は使わない主義だ。

擲弾発射基で打ち上げる小型ドローンが上がって来ると、比嘉が、コントロール・ユニット付きのタブレット端末を手に取って輝度を最低に落とし、下の状況を観察しつつ、偵察する。

「崖の右手に飛ばして、遭難者を捜せ」

「きっと敵もドローンを飛ばして探してますよ？」

「だろうな。レーザーでは途中に地形的障害物があって撃てない。かと言ってここで発砲したら目立つよな。だが、もし敵のドローンが先に発見したら、そこに誘導してもらえるということでもあるぞ。ここからなら、ドローンと俺の目で、先に発見できるだろう？」

「そういうことですと同意したいが……」

田口にも見えた。クアッド型のドローンが右手下を飛んでいた。一瞬、黒い影を目撃しただけだが、暗視ゴーグルをワイド・モードにすると、また発見できた。あるエリアをぐるぐる回っていた。

「あの下だな……」

「ドローンを撃てます？」

「いや、さすがにこの距離では、ショットガンとSMASHが要るな。それにもう三〇〇メートルはこっちに近づいてくれないと」

「いました！　二人のパイロットを発見。こちらに向かって来てはいるが……、遅いな。あの速度だと、拠点近くまで来る間に夜が明けそうだ」

「とりあえず、歩兵が接近して来たら援護はできそうだな」

「なんでドローンで攻撃しないんだろう。迫撃弾を使えば一発なのに」

「捕虜が欲しいんだろ。おい、お前、そのドローンで、カミカゼ攻撃が出来ないか？」

「この小型のドローンで、あのサイズのドローンにぶつけるんですか？　ゲームじゃやったことはあるが……」

「あれで歩兵を誘導され続けると拙いぞ。トライ&エラーは出来るだろう。ドローンの進行方向を読んでぶつけろ！」

「了解。やってみるか……」

　こちらの方がサイズは半分以下だ。下手をすると、こっちがはたかれて墜落するだけに終わる。位置エネルギーを利用して、上空から叩きつけねばならない。

　一回目、トライした時には五メートル以上も外れた所を突っ込んで、地面に墜落するところだった。

「俺が代わるぞ？」

「うるさいですよ、と……」

　二度目は悪く無かった。だが、敵の操縦者がこちらの存在に気付いた様子だった。急上昇して行った。パワーでは負けている。追いかけて付いていくのがやっとだ。逆に追いかけられそうになった。

「それで良い。そのまままっすぐこっちに飛べ！」

　敵のドローンは、狙いを定めて完全にこちらを追いかけて来る。田口は、ＤＳＲ－１狙撃銃を構えて、スコープを覗き続けた。

　そして、敵がまっすぐこちらに向かってくるコースを取った瞬間、引き金を引いた。ドローンが林の中に墜落していく。

　マズル・フラッシュは微かだが、地上からは確実に見えたはずだ。反撃を覚悟しなければならなかった。

藍志玲大尉は、黄少尉の右手を引っ張りながら、を願った。神様！　お願い。父親を家族の元に戻して！

荒い息で斜面を歩いていた。ドローンのブーン！という音が聞こえた時は、心臓が飛び出しそうになってその場で固まった。

自分がもしコクピットにいたなら、こんなオモチャの存在など完全に無視できるのに、と悔しがった。

黄少尉は、明らかに苦しそうだった。肋骨がどうのこうのではない。何か臓器を損傷していることは間違い無い。担げるならそうしたいが、今は励まして手を引き続けるしかない。

遠くで交戦が続いているが、解放軍兵士は、互いを呼びながら近付いて来る。わざと声を出すことで、こちらにプレッシャーを与えているのだ。そんなものに負けて堪るものですか！　と少尉の手を引き続けた。

どこか近くで、味方が見守っていてくれること

第八章　イージスの盾

　リザード&ヤンバル組は、やや速度を上げて近付いてくるパイロット二人を見下ろしていた。一人が負傷しているのは明かだった。それを包囲するかのように、数十名の兵士達が麓から登ってくる。密かに先回りしている兵士たちもいた。

「おい、この姿勢でリンクスを撃てるか?」

「姿勢はともかく、そのために一〇キロもある対物狙撃ライフルを担いで山登りしたんだから。撃てるとは思うけれど、まずほんの二発も撃ったら、ここは蜂の巣にされるし、衝撃で足下の岩がぽっきり折れるかもしれない」

「仕方無いな。俺のビレイを使うか?」

「心配ご無用！　なんとか支えます。それよりそっちの狙撃に影響するかもしれませんよ。こう距離が近くちゃ」

　二人の間隔は二メートルと離れていなかった。

「なんとかする。敵はパイロットを射殺はしないだろう。だから手前で待ち構えている敵は最後でいい。遠方から狙うぞ。お前は、要救助者の真下を登ってくる奴を、俺は奥のを片付ける。撃ってきたら遮蔽物ごと潰せ。そのためのリンクスだ」

　比嘉は、GM6リンクス・〝ゲパート〟ロングリコイル狙撃銃を構えた。対物狙撃ライフルは、重機関銃弾の衝撃をロングリコイルのメカニズムの中で受け止め処理するので、発射の反動が小さいのだ。立ったまま構えて撃てる。

だが、小さいとはいっても、その衝撃は全身に伝わることになる。

まず田口が引き金を引いた。こちらは、338ラプア・マグナムを使う狙撃銃とはいえサプレッサー付きで、マズル・フラッシュは知れている。

だが、リンクスはそうはいかなかった。線香花火と打ち上げ花火ほどの差はある。比嘉が一発撃つごとに二人の夜目が失われていくのだ。

比嘉が三発目を撃ったところで、反撃がはじまった。

最初は、こちらの高さが見えてない様子で、弾筋は全て崖下へと集中した。敵がそのことに気づいて上を狙ってくる。比嘉は、木の幹に隠れて撃ってくる兵士を幹ごと撃ち抜いた。木がポッキリ折れるのがこの高さからも見える。

だが、一〇人近く倒しても、敵は次から次へと登ってくる。木が茂り、視界が得られないせいで、味方が倒れていることに気付かないのだ。

こいつはやっかいだぞ。全員殺るしかないのか……。

田口は、次のターゲットを狙おうとした。

やや上から降りてくる。走ってはいたが、銃は構えてはいなかった。引き金を引こうとした瞬間、田口は銃口を逸らした。

一瞬の差で間に合った。同盟軍であることを示す白い反射テープが左肩に貼ってあったのだ。

あまりに小さく、見逃すところだった。

あれが台湾軍フロッグマンか……。

台湾軍海兵隊・両棲偵捜大隊《フロッグマン》の岳威倫《ユエウェイルン》中士（軍曹）と呂東華《ルードンファ》上等兵は、急斜面をまるで滑るように降りてきた。

その真下には、息を切らせながら歩いている二人のパイロットがいた。

岳軍曹は、二人に抱きつくようにして止まった。

「マリリン！　貴方が子供の頃飼っていたポメラニアンの名前はハリーだ。本当はヴォルデモートにしたかったが、母親が許さなかった」

「そうよ……。待ちくたびれたわ」

「遅くなりました。海兵隊フロッグマンで申し訳無いが、ご案内します！」

敵の足音が三方から響いてくる。時々銃弾が足下を走った。

「上等兵、少尉殿に肩を貸して差し上げろ！　ここは、自分が支える」

岳軍曹は、描き溜めたスケッチブックを上等兵の背嚢のネットに突っ込んだ。

「女房に渡してくれ。さあ、行け！」

軍曹は、言うなり尻を付いて斜面を滑り降りていった。上等兵は「チキショー」と呻きながら、少尉に肩を貸して「少し急ぎますよ！」と駆け出した。

三人の背後で、軍曹がＭｋ13狙撃銃を発射しはじめる。一発ずつ撃ち、三発撃つと発砲音は止んだ。その代わり手榴弾を投げた。下で爆発すると、次は91式アサルト・カービンの連射音に変わった。

「戻って助けなきゃ！」

マリリンこと藍《ラン》大尉が叫んで立ち止まった。

「何言ってんだ！　あんたらを助けるために犠牲になったんだ、必死で走ってくれよ！」

上等兵は泣き声で叫んだ。

敵はまだ陸続と登って来る。味方が遠くから援護射撃してくれていることは解ったが、敵はとんでもない数だった。

呂上等兵の無線機のイヤホンが、フラッシュライト！　フラッシュライト！　と命じていた。

「フラッシュライトはどこです！」

「ええと、あるわ！」と大尉は、少尉が背負う小さな救命ザックの中に手を突っ込んだ。

「これを投げれば良いの？」

「いや、点灯して頭上に掲げつつ走れば良い。味方機は、そこを避けて攻撃してくれる！」

編隊長機が上がって来る。ローター音が聞こえたかと思うと、自分たちの周囲に凄まじい爆煙が立った。まるで爆弾が落ちたかのような衝撃だったが、それは爆弾では無く、三〇ミリ・チェーンガンだった。そこいら中の木々がなぎ倒され、埃で視界が奪われる。だが、それで敵は一瞬怯んだ様子だった。

呂上等兵は、一直線に崖へと向かって行く。

「この先は、ただの崖よ！」

「良いんだ、このルートで……」

照明弾が背後から上がった。一発、二発。さすがにこの状況下では、暗視ゴーグルには頼れないと判断したのだろう。

目の前に垂直の崖が迫って来る。ここをどう登れと言うのだろう。だが、上等兵は構わず突き進み、突然、その壁の中に右手を突っ込んだ。

「くそ！　背嚢が邪魔か……」

よく見ると、そこには切れ目があった。大人一人がどうにかすり抜けられそうだという程度の切れ目だ。木の枝に隠されていた。

横になってその隙間を抜ける。上等兵は、その照明弾の灯りを頼りにして、軍曹から教えられた地形上の目印を探した。

「あれだ……」

ガレ場が現れる。ごつごつした岩がむき出しになっている。そのガレ場に覆い被さるようにして生えている蔓性の植物があった。上等兵はそこの根元に滑り込み、ブッシュの下に潜り込んだ。何かの蓋のような扉がある。

「あったぞ！　使える。急いで――」

藍大尉は、マグライトを放り込み、まず自分が入ってから、続いて少尉を受け止めた。最後に背嚢を抱いた上等兵が入ると中はぎちぎちだった。

マグライトを消して蓋というかハッチを閉める。外では、兵士達の足音と怒鳴り声がまだ続いている。この隠れ家が大丈夫かどうかは解らなかった。

田口と比嘉は、しばらく集中砲火を浴びたが、その数は減り、ガーディアン・ヘリの銃撃で、いったん敵は黙り込んだ。

銃撃による爆煙が晴れた後、台湾軍兵士が倒れた辺りを覗いたが、動く気配は無かった。自分もいつか、ああやって派手に死ぬ日が来るんだろうなと思った。

「こちらアイガー、遅くなってすまん！　道が悪くてね」

ようやく福留分隊が無線で呼びかけて来る。

「こちらリザード。台湾軍のフロッグマンが一人戦死した。遺体と装備を回収して欲しいんだが？」

「もちろんだ。誘導してくれ」

「俺たちも、いつかああやって死ぬんですよね。最後は頭から泥の中を滑り落ちて、ただの肉の塊になる……」

比嘉がぽつりと言った。

「そうだな。たぶん、思い切り惨めな死に方をするんだろうな。殺した人間の数の分、惨めな死に方をするんだろう。それが俺たちの定めだ」

西側では、まだ激しい銃撃戦が続いていた。敵を押し返してパイロットらと合流しようと、台湾軍が果敢に攻めていた。

土門は、地面に片膝を突き、赤いライトを点して、西銘元二佐の顔を照らした。満足そうな顔をしていた。銃声が遠ざかっていく。解放軍が下がっているのは間違い無い。こちらの攻勢に押されたからではなく、ミサイル攻撃が迫っているからだろう。

地面に横たわった西銘は、じっとこちらを見詰め返していた。

「キャンディでも舐めるか？」と土門はフェンタニル・キャンディを差し出した。

「冗談でしょう……」と西銘は笑った。

「兵隊より前に出る馬鹿な指揮官が今どき何処にいるんだ」

「ここにいますよ。俺は予備自として死ぬ。つまり、名誉の戦死ってことで、二階級特進で、あなたと並ぶわけだ。欲しいものは手に入らなかったが、愛国者として島を守って死ねる。何よりの名誉だ。俺を連れては何処にも行けない。さっさと介錯しろ……」

ここに原田がいてくれれば別だが、この銃創患者を抱えて着弾までにここを脱出できたとしても、こいつが助かることはないだろう。このまま放置するか、ここで楽に死なせてやるかの二つに一つだ。

「解った――」

土門は、覚悟を決めて腰のピストルに手をかけた。だがその背後から、赤石富彦元三佐が止めた。

「陸将補、それは自分の仕事です」

すでに赤石は右手にシグ・ザウアーを握っていた。

「君は気苦労ばかりで大変だったな」と西銘が呼びかけた。

「はい。御世話になりました！　成仏して下さい

「……」

西銘は、部下が引き金を引きやすいよう、最期は顔を横に向けてやった。赤石が両手で構えて引き金を引いた。

「さあいくぞ、三佐！　遺体は、この辺りが無事なら、あとで回収しに来よう」

赤石は、ドグタグ一枚を取って腰のマガジンケースに入れた。これが三枚目だった。

呉少佐が直立不動の姿勢で敬礼した。

「残念です、将軍」

「うん。それで、どうするね。ここからだと、もう指揮所までは戻れない。指揮所要員も退避している」

「はい。このまま真っ直ぐ進めば、パイロットと合流できます。その後、山側へと避難しましょう。そのまま山を登ってミサイル着弾後、西側へと稜線を降りるのがよろしいかと」

「そうだな。それしかないだろうな。お供しよう」

土門は、指揮所の待田を無線で呼び出した。

「ガル、状況を知らせよ！」

「はい。ただいま撤収準備中。ガーディアンは北小島へと退避。われわれも五分後には指揮所を出ます」

「ドローンはまだ飛んでいるか？」

「問題ありません。進路クリア。解放軍はあっという間に撤退しました。急いで下さい。東京からもやいのやいの言ってきます！」

「了解。間もなく脱出する」

民間軍事会社に三名の戦死者。台湾軍にも二名の戦死者が出ていた。だが、殺した解放軍兵士の数は、たぶん五〇名を超えるだろう。そのほとんどは、パイロット捕獲に近づいた兵士たちだったが。

いったい何のための攻勢だったんだか……。

横田・航空自衛隊総隊司令部エイビス・ルームには、五〇インチの大型モニターに、戦術データ・リンクの映像が映し出されていた。

空中を飛んでいる全ての飛行物体と、味方艦艇、そして把握出来た敵艦艇が表示されている。存在秘匿中の二隻のイージス艦だけは、表示が点滅を繰り返している。

「このデータさ、日米合同指揮所から回線を引っ張って来るのは拙いよね？」

と羽布一佐が漏らした。

「ええ。でも不便ですから」と喜多川二佐が鷹揚に応じた。

「これ、在日米軍のかなり高い所の許可が要るだろう？」

「はい。さっき、米軍司令部に挨拶回りして、将軍の肩にしなだれ掛かって許可して貰いました。今の司令官は、父が元気だった頃、部下として仕えていたそうで」

「了解した。今の会話は無かったことにしよう……」

那覇基地から陸続と戦闘機が上がり始めていた。レーダーにミサイルが映る前に戦闘機が上がっていた。

「ほら！　あれだ――」

と海自の樋上幸太二佐が身を乗り出してモニターの一点を指さした。

速度は遅いが、解放軍の哨戒機が一機、尖閣に近づこうとしていた。

「Y－9X。LiDARだけじゃない。合成開口レーダー、逆合成開口レーダー、AESAレーダーも搭載している。たぶんあれ、イージス艦がくっきりと見えるぞ」

「でも間に合わないわね。警告を出して、戦闘機を下がらせるのが精一杯でしょう」

　中国側も、戦闘機の編隊を上げて来る。その背後には、空対地ミサイルを搭載した爆撃機の編隊も控えていた。

　ようやく、AWACS、E－2Dのレーダーに、沿岸部から発射されたミサイルが映り始める。発射された途端にE－2D〝アドバンスド・ホークアイ〟のレーダーが捕捉した。

　その数一〇〇発――。

「無理だろう、この数……。内陸部からもすでに五〇発は撃たれているはずだ」

　羽布は、部屋の中を後ろに移動しつつモニターを凝視し続けた。

「その五〇発は真っ直ぐ突っ込んでくるはずで、今の百発が本命。たぶん飽和攻撃として同調させるために複雑なプログラム・コースを辿るはずです」

　最後は、攻撃機の編隊が空対地ミサイルを撃つことになる。一二機のH－6型（轟炸六型）爆撃機の編隊が二個編隊、つまり二四機向かって来る。もとはソヴィエト製のツポレフ－16〝バジャー〟爆撃機だ。

　アメリカのB－52爆撃機と同様に、中国では長命な軍用機だった。ロシアでは前世紀に退役したが、中国では、改造した機体が今も量産されていた。

「最低でも、五〇発のミサイルを発射するはずです。陸上発射のミサイルときちんと同調できるのかどうか……」

「私が心配しているのはさ、こっち側の限られた数の迎撃ミサイルが、ちゃんと目標を識別して飛んでくれるかだよ」

「まあ、そのためのイージスと共同交戦能力《CEC》ですよ」

　と福原二佐が自信ありげに発言した。

「自分が心配しているのはむしろ、一発二〇億もの迎撃ミサイルをこんなことに使って良いかです。納税者が知ったら、良い顔はしないでしょうね」

「中国はきっと、こう考えるだろうな。さすがにこの数のミサイル。半分は迎撃できても、全部を迎撃するのはとうてい無理だろうから、迎撃は諦めて日本は陸兵を見殺しにするだろうと。奴らの鼻を明かしてやるチャンスだぞ……」

　F－35A戦闘機部隊が、護衛艦隊上空を通過して、尖閣へと急接近し始めた。前回に懲りたのか、中国空軍のJ－20ステルス戦闘機はまだ姿を見せなかった。

　ボーイングE－767空中早期警戒管制指揮機《AWACS》の中でも、一段と緊張が高まっていた。


　戸河二佐は、イージス艦が巡視船から離れて速度を上げていることに気付いた。そこはまだ空自の十分、制空権内で、魚釣島の南側だったが、島の稜線に登れば、艦影が見える所まですでに接近し、さらに速度を上げようとしていた。

　幸か不幸か、自分に出来ることは当面ない。ミサイル迎撃は、全てCECやイージス・システムが自動的にやってのけるのだ、目標の識別から優先順位決定、そしてミサイル発射まで、人間が介在することは無かった。

　Y－9X哨戒機の戦術航空士席に座る鍾桂蘭《チォンクイラン》海軍少佐は、捜索レーダーに映った一隻の大型船に注意が向いた。巡視船団の中から突然、速度を上げて島に接近してくる。

　速度がおかしかった。日本の大型巡視船のほとんどは、最高速度がほんの二〇ノットしか出ない。

巡視船はその程度の速度で十分だ。だがこの船は、すでに二五ノットを超えてまだ増速していた。

残念だが、合成開口レーダーで輪郭を読み取るにはまだ距離がありすぎた。高速巡視船にしては、船体が大きすぎるような気がしていた。

「いったい、何これ……」

だが、その疑問はすぐ氷解した。


第一護衛隊群司令、國島俊治海将補は、イージス護衛艦〝まや〟（一〇二五〇トン）の司令部作戦室《FIC》から、背中合わせに設置されている戦闘情報指揮所《CEC》に移動し、異様に横長のスクリーンの前に立った。左側に艦長が座っている。

「首席幕僚、こういう時、何か気の利いたことを言わなきゃ拙いんだよね？」

「はい。それはもう、海自の歴史に残ることになります。向こう半世紀は語り継がれることになりますから」

と隣に立つ首席幕僚の梅原徳宏一佐が言った。

「参ったね。こんなにも待たされたのに、何も考えてなかったよ。皇国の一戦……、という時代じゃないし……。代わり映えしない台詞でみんなには済まないが、やってみよう！　一発の撃ち漏らしも無く叩き墜すぞ！　最後は主砲弾を使ってでも迎撃する。艦長、更に増速して島に急いでくれ！」

艦長は左席に座ったまま頷いた。

「みんなよく我慢してくれた！　これにて無線封止解除。イージスの火を入れよ。ミサイルを全弾叩き墜すぞ」

イージス・システムが蘇り、自前のレーダーで向かって来るミサイルを捕捉し始める。すでに後方に下がり始めたE－2Dは、三〇〇機を越える敵目標を捕捉していた。その内の二〇〇が、魚釣島西端を目指すミサイルだ。速度も大きさも、航路もバラバラだったが、それらミサイルの着弾時刻は、絶妙に調整され、ほぼ数分以内に全弾が着弾するはずだった。

ＶＬＳ垂直発射基の弾庫扉が開き、最初のスタンダード・ミサイルが発射される。それから次々と弾庫の扉が開いてミサイルが空に上っていく。スタンダードＳＭ２を撃ち尽くすと、今度は、ＥＳＳＭミサイルが発射される。

僚艦の〝はぐろ〟も、魚釣島の東へと出て、次々と迎撃ミサイルを発射し始めた。

尖閣諸島の南西からは、台湾空軍のＦ－16Ｖ戦闘機部隊が、前進を試みる中国空軍機戦闘機部隊に殴り込みを駆ける。

そして、艦隊の背後からは、これも海軍統合火器管制対空《NIFC-CA》のコントロール下で、Ｆ－35Ａ戦闘機がアムラーム・ミサイルを発射し始めた。

一発の対空ミサイルが、向かって来る二〇〇発のミサイルから、確実に一発を選別して迎撃に向かって行く。まるで上下、双方から出発したあみだくじが、決して交わることなく、真ん中で一斉に衝突する感じだった。

Ｙ－９Ｘ哨戒機の鍾桂蘭《チオンクイラン》海軍少佐は、イージス・レーダーに火が入った瞬間、背筋が凍り付いた。敵のイージス艦二隻は、一五〇キロは後方にいるはずだったのだ！　だが今、その二隻は、釣魚島のすぐそばまで来ている。しかも最新鋭艦の二隻だ。

彼らは、スタンダード・ミサイルでこの数のミサイルをたたき落とせるつもりでいるのだ。

俄には信じられなかった。あっという間に、イージス艦の弾庫を空にする数の対空ミサイルが発射された。機長が速度を上げて大陸への帰投コースに乗る。

「待って機長！　この戦いを見届けないと。ゆっくり下がって頂戴」

まさか彼らは、たった二隻分のミサイルとステルス戦闘機で、この数のミサイルを迎撃できるというのか？　自分の知見の範囲内では、どう少なめに見積もっても、千発の対空ミサイルを乱れ打ちするしかなかった。それで七割方をたたき落とせれば良い方だろう……。

だが、イージス艦が放ったミサイルは、一発ずつ巡航ミサイルを叩き墜して行く。決して、重複は無かった。無駄撃ちはないのだ。ワン・バイ・ワンで確実に命中していく。

いったい、この性能は何だ？　と思った。まるで次元が違う。中華イージスとは次元が違うシステムだ。

「あ、圧倒的じゃないの！……」

少佐は、絶句するしか無かった。

〝まや〟と〝はぐろ〟は、ミサイルが尽きて弾庫が空になった後も、前進し続けた。そして、最後は五インチ砲で調整破片弾を発射し続けた。魚釣島西端に、それで砲弾のカーテンを作った。

突っ込んで来た残りのミサイルが次々と爆発し、中には、その爆発に巻き込まれて誘爆するミサイルまで出て来た。

そして島の上空にF－35A戦闘機が出てくると、沿岸部へ退避し始めていた爆撃機部隊に向けて、余ったアムラームを発射し始めた。

相手は、ただの鈍重で巨大な的だった。外しようもなく、一〇機が被弾し、空中で爆発した。

空母艦載機が上がっていたが、為す術は無く、彼らは空母上空を旋回するだけで艦隊の前面に出て来ようとはしなかった。

二隻のイージス艦がミサイル弾庫を空にしたが、

完勝だった。数千億の税金が、ほんの数分で東シナ海の空に消えたのだった。

航空総隊司令部のエイビス・ルームでは、羽布一佐が、大げさな身振りでガッツ・ポーズを取っていた。

「そら見ろ！　やったじゃないか。さすがイージスだ。偉いぞイージス！――」

飛び上がって喜んだ。

「私たち、きっとギネスブックに載るわよ。人類史上、最も多額の税金を、一瞬で浪費した公務員として」

喜多川は皮肉そうに笑ったが、結果には満足していた。やがて航空総隊司令官の丸山琢己空将が現れた。

「みんな良くやってくれた！　これが税金の無駄遣いだと批判されないことを願っているが、まあそれは、幹部が引き受けることだ。引き続き頑張ってくれ。中国軍も、しばらくは大人しくしてくれるだろう。彼らのタイムテーブルを遅らせたことは間違いない。米側からも、良くやったとお褒めの言葉を貰った！　まあ、ゆっくり休んでくれ。三時間でも四時間でも」

外の廊下でも、あちこちで喜びの声が上がっていた。

だが、中国は別に負けたわけでは無かった。ほんの二〇機ばかりの爆撃機と戦闘機と、持っている数のせいぜい十分の一のミサイルを失っただけだ。この報復は、過酷なものになるだろうと喜多川は覚悟した。

エピローグ

那覇基地を離陸した陸上自衛隊のV－22〝オスプレイ〟輸送機は、超低空で進入すると、船着き場近くの僅かな空き地に着陸した。ほんの三分で、積んできた補給物資を降ろすと、負傷兵を搭載していく。沖縄ではなく、台湾に直行することになっていた。

民間軍事会社の負傷兵もいれば、台湾軍海兵隊の負傷兵もいる。ガーディアン前席射撃手の黄《ファン》少尉の担架も乗せられる。藍志玲《ランチーリン》大尉は、ここに残ることを強く主張したが、肝心の乗る機体を失ったということで、オスプレイに乗り込んだ。

最後に、仲間と供に島に残る呂《ルー》上等兵から、上官の遺品である小さなスケッチブックを受け取った。

「上等兵、残念でした。私たちの為に……。これはどういう由来のものかしら？」

「いやぁ、別に由来なんてありません。ただ、狙撃兵は暇なんで、みんな絵が上達するんですよ」

「必ずご遺族に届けます。貴方は生き残るのよ？」

「はい。軍曹の分まで立派に戦って生還します」

岳《ユエ》軍曹の遺体は、回収は出来たが、まだ稜線の上だった。オスプレイは、離陸すると、しばらく高度を上げることなく飛んだ。途中で台湾空軍のエスコートを受けてから徐々に高度を上げ、一路、基隆海軍基地を目指して飛んだ。


　土門康平陸将補は、稜線を降りる途中で、姜三佐の出迎えを受けて小休止を命じた。その稜線上からは、南の海が一望できる。水平線上には、舷灯を点す海上保安庁の巡視船が二隻並んでいる。

　そして、島のすぐ沖合には、一切の灯りを消したイージス護衛艦〝まや〟がいた。暗視ゴーグルでようやく見える。針路を東へ取って、島から離れつつあった。

「沖合でドンパチやっていたが、戦果は？　一発も被弾してないのか？」

「はい。こちらの被弾はありません。イージス艦は、ミサイル弾庫を空にしたはずですが、ステルス戦闘機の海軍統合火器管制対空《NIFC-CA》もあったし、台湾空軍の援護に、最後は、予定になかったイージス艦の主砲で弾幕を張って、ミサイルを防ぎました」

「そりゃ凄いな。米軍の助けなしにやってのけたのか？　でも、弾庫を空にして、海自はこの後をどうするんだろうな」

　土門は、岩の上に腰を下ろし、ハイドレーション・パックのチューブを咥えて特製の栄養ドリンクをごくごくと飲んだ。

「お疲れですか……」

「意味が解らんよ。いったい俺たちはここで何をやっているんだ？　こんな無人島のために、数千億も払って買い込んだミサイルを撃ち尽くし、中国は、一人っ子政策の大事な息子たちを犠牲にしている。いったい何の必然性があってのことだろうな」

「こんな些細なことであれやこれや悩んでいたら、われわれ朝鮮人は生きていけませんよ。同族同士爆心地だった。


「この戦略的忍耐な、ミサイルを向け合っているんですから」

「この戦略的忍耐な、まだまだ始まったばかりだぞ。ひょっとしたら、肝心の戦争はこれから始まるのかも知れない」

背後から、台湾軍軍曹、岳威倫《ユエウェイルン》の遺体を運んだ担架と供に、福留分隊が降りて追い越してくる。田口と比嘉が付き添っていた。

「どうだった？」

「立派な最期でしたよ。きっと部隊では、世代を超えて語り継がれることでしょう。俺たちもこんな死に方が出来れば良いが」

「ああ、俺が引退した後にしてくれよな」

土門と姜三佐は、その死体袋を、敬礼で見送った。空を見上げると、雲が張っていたが、ありとあらゆる軍用機の騒音が木霊しているように聞こえてくる。ここは静かな海では無かった。騒乱の

〈六巻へ続く〉

ご感想・ご意見は
下記中央公論新社住所、または
e-mail：cnovels@chuko.co.jpまで
お送りください。

C★NOVELS

東《ひがし》シナ海開戦《かいかいせん》5
——戦略的忍耐《せんりゃくてきにんたい》

2021年5月25日　初版発行

著　者　大石《おおいし》 英司《えいじ》

発行者　松田陽三

発行所　中央公論新社
〒100-8152　東京都千代田区大手町1-7-1
電話　販売　03-5299-1730　編集　03-5299-1930
URL http://www.chuko.co.jp/

DTP　平面惑星

印　刷　三晃印刷（本文）
大熊整美堂（カバー・表紙）

製　本　小泉製本

Published by CHUOKORON-SHINSHA, INC.
Printed in Japan　ISBN978-4-12-501434-0 C0293